지킬 박사와 하이드

지킬 박사와 하이드

로버트 루이스 스티븐슨 │ 김세미 옮김

묘 문예출판사

The Strange Case of Dr. Jekyll and Mr. Hyde
The Bottle Imp

Robert Louis Stevenson

차례

지킬 박사와 하이드

문 이야기

어터슨 변호사는 결코 환하게 웃는 법이 없는 무뚝뚝한 표정을 가진 사람이었다. 다른 사람들과 이야기를 나누는 중에도 그는 차가우면서도 어딘가 모자라고 당혹스러워하는 태도를 보였으며, 어쩐지 마지못해 말하는 것처럼 보였다. 그는 야윈 데다가 키가 크고 무미건조하고 음울해 보이기까지 했다. 그럼에도 어터슨에게는 어딘가 매력적인 부분이 있었다. 친구들과 자리를 함께하고 있을 때, 혹은 마시고 있는 와인이 마음에 들기라도 할 때면 그의 눈동자에서는 입 밖으로 소리 내어 말하지는 않지만 매우 인간적인 그 무언가가 빛을 발했다. 그런 것들은 정찬을 즐긴 후 그의 얼굴에 떠오르는 말로 설명할 수 없는 표정이나, 삶에서 그가 보여주는 행동을 통해 더욱 잘 드러나곤 했다.

어터슨은 자기 자신에게는 엄격했다. 혼자 있을 때면 좋아하는 포도주를 마시고 싶은 욕구를 억누르고 진을 마셨다. 그리고 연극을 즐기면서도 20년 동안이나 극장 문턱을 넘어본 적이 없다. 하지만 어터슨은 다른 사람들에게는 관대하기로 정평이 나 있었다. 때로 영혼이 받을 괴로움에도 아랑곳하지 않고 악행을 저지르는 사람들에 놀라면서, 때로는 거의 부러워하기라도 하는 듯, 곤경에 처한 사람들을 나무라기보다는 도와주려고 애썼다. 그는 괴짜같이 말하곤 했다.

"나는 카인의 배교*에 마음이 끌려. 나라도 내 동생이 마음 내키는 대로 악마에게 가도록 내버려두겠어."

성격상 그는 막장 인생을 사는 사람들의 삶에서 최후로 존경을 받는 사람이 되거나, 그들에게 마지막으로 좋은 영향을 주게 되는 일이 자주 있었다. 그는 그런 사람들이 사무실로 찾아와도 털끝만큼도 태도를 달리하지 않았다.

어터슨에게는 그런 일이 어렵지 않았음은 의심할 나위가 없다. 우선 그는 감정을 잘 내색하지 않았고, 심지어 친구들과의 관계도

---

* 성서에서 나온 이 인용문은 창세기 4장 8~12절까지의 이야기다. 카인은 그의 동생 아벨을 죽였다. 하느님이 카인에게 그의 동생이 어디 있는지 묻자 카인은 대답했다. "내가 알지 못하나이다. 내가 내 아우를 지키는 자입니까?" 어터슨은 때때로 법정에서 범죄자들을 옹호했으며, 그들을 섣불리 교정하려 하는 대신 편을 들어주었다. 그는 카인의 버릇없어 보이는 주장이 옳다고 생각한다는 것과, 자신은 다른 사람들을 지키는 파수꾼이 아니므로 그들이 사는 방식이 옳지 않아도 내버려두어야 한다고 여긴다는 것을 설명했다.

훌륭한 천성에서 비롯된 비슷한 종류의 관용을 바탕으로 쌓아 올린 것처럼 보였다. 신중한 신사가 갖추어야 할 덕목 가운데 하나는 교제 범위를 운명이 미리 정해놓은 대로 받아들이는 것이다. 그리고 그러한 태도는 변호사들의 방식이었다. 어터슨의 친구들은 친척 아니면 오랫동안 알아왔던 사람들이었다. 그의 감정은 담쟁이덩굴과 같아서 시간이 지남에 따라 무성해질 뿐 아니라 대상이 적절한지 가리지 않았다.

그러므로 잘 알려진 멋쟁이 신사인 먼 친척 리처드 엔필드와 어터슨 사이에 맺어진 인연도 아마 그런 연유에서 비롯되었을 것이다. 이 두 사람이 서로에게 어떤 매력을 느끼는지, 혹은 공통의 화제가 있기나 한 것인지 많은 사람에게 수수께끼였다. 일요일에 산책하는 그들의 모습을 목격한 사람들 말로는 두 사람은 별말도 없었고, 두 사람 모두 아무 활기 없이 지루해 보였으며, 친구를 만나기라도 하면 안심이 된다는 듯 눈에 띄게 반갑게 맞았다고 한다. 그 모든 수군거림에도 아랑곳하지 않고 두 사람은 이 산책을 매주 가장 중요한 일과로 여겨서 친구들과의 모임이나 중요한 사업상의 일조차 제쳐둔 채 방해받지 않고 산책을 즐겼다.

그들이 우연히 런던 번화가의 뒷골목에 발을 들여놓게 된 것은 어느 일요일의 이런 산책길에서였다. 거리는 작고 조용했지만 주중에는 장사가 잘되는 번화한 곳이었다. 어디든 장사가 잘되는 것처럼 보였지만, 더욱 번창하기를 바라는지 상인들은 경쟁적으로 과도한 아부를 쏟아냈다. 길을 따라 줄지어 늘어선 상점들의 정면은 활짝 웃는 점원 아가씨들처럼 손님을 초대하는 분위기를 풍겼다. 일요일이었기에 화려한 장식이 내걸리지 않고 상대적으로 거리가 조용했음에도 이 거리는 지저분한 이웃 동네와 대조적으로 불타는 숲처럼 빛나고 있었다. 갓 페인트칠을 한 듯한 셔터와 광을 잘 낸 놋쇠 장식, 그리고 전체적으로 깨끗하고 즐거운 분위기는 행인들의 눈길을 사로잡고 즐겁게 했다.

거리는 동쪽으로 가는 왼편 모퉁이에서 두 번째 집 뜰로 들어가는 입구에서 끊겼다. 그리고 바로 그 지점에 불길한 느낌을 주는 건물 한 채가 박공지붕을 거리로 내밀고 있었다. 2층으로 된 그 건물에는 창문이 하나도 없었고, 1층에 문 하나만 달랑 있을 뿐이다. 위층 정면에는 창문 하나 없이 빛바랜 벽만 있었는데, 아무리 뜯어봐도 오랫동안 지저분하게 방치되어 있었음이 분명했다. 초인종은커녕 두드리는 손잡이도 달리지 않은 문은 낡고 색이 변해 있었다. 문 옆 우묵하게 들어간 곳에서는 부랑자들이 단정치 못한 태도로 어슬렁거리고 있었고 벽에다 성냥을 그어댔다. 아이들은 계단에 노점을 벌여놓았고, 학생들은 날카로운 기둥 끝에다 칼날을 시험하고 있었다. 하지만 어슬렁거리는 사람들을 쫓아내거나 파손된 곳을 수리하러 나오는 사람은 아무도 없었다.

엔필드와 어터슨은 뒷골목 반대쪽 끝에 있었다. 두 사람이 나란히 입구에 들어서게 되자 엔필드가 지팡이를 들어 무언가를 가리키며 물었다.

"저 문을 눈여겨보신 적이 있습니까?"

어터슨이 그렇다고 답하자 엔필드가 덧붙여 말했다.

"저는 저 문과 관련된 아주 이상한 경험을 한 적이 있습니다."

"정말인가? 무슨 일이었는데?"

어터슨의 목소리가 약간 달라졌다.

"바로 이 길이었지요."

엔필드가 대답했다.

"저는 아주 먼 곳에 갔다가 집으로 돌아가는 길이었습니다. 한겨울 새벽 세 시쯤 되었을 땐데, 제가 걷고 있던 길에는 말 그대로 램프 불빛 말고는 아무것도 보이지 않았습니다. 걷고 또 걸었습니다. 사람들은 모두 잠들어 있었지요. 거리에는 가로등이 행진이라도 하는 것처럼 불을 밝히고 늘어서 있었지만 교회처럼 텅 비어 있었습니다. 마침내 저는 혹시 무슨 소리라도 들리지 않나 귀를 기울이면서 신경이 곤두설 지경이었습니다. 경찰이라도 나타났으면 했지요.

그때 갑자기 두 개의 형체가 눈에 들어왔습니다. 하나는 동쪽을 향해 빠른 속도로 터벅터벅 걸어가는 몸집이 자그마한 사나이였고, 다른 하나는 최대한 빠르게 교차로를 향해 뛰어가는 여덟 살에서 열 살가량 먹은 여자아이였답니다. 당연하게도 두 사람은 모퉁이에서 맞부딪혔지요. 무서운 일이 일어난 것은 그다음 순간이었습니다. 그 사나이는 태연하게 아이의 몸을 그대로 짓밟고, 땅바닥에 쓰러져 비명을 지르는 아이를 내버려두고 계속 발길을 옮겼답니다.

아무것도 아닌 것으로 들릴지 모릅니다만 정말 몸서리쳐지는 광

경이었습니다. 사람 같지 않았어요. 빌어먹을 저거너트(Juggernaut)*
같았습니다. 저는 '거기 서라(view halloa)'** 하고 소리를 친 다음 바
로 뒤를 쫓아가서 그의 뒷덜미를 잡아 그 자리로 끌고 돌아왔습니
다. 그곳에는 이미 아이의 비명을 들은 사람들이 여럿 나와 있었습
니다. 그 사나이는 몹시 냉정한 태도로 조금도 반항하지 않았습니
다. 그렇지만 저를 흘낏 쳐다보는데 그 시선이 어찌나 불쾌한지 힘
껏 달리기라도 한 양 등줄기에 땀이 흠뻑 날 정도였지요.

모여 있던 사람들은 아이의 가족이었습니다. 그리고 얼마 지나지
않아 한 의사가 도착했습니다. 아마도 아이는 의사를 부르러 가던
중이었나 봅니다. 글쎄요, 그 의사의 말로는 아이의 상처가 대단치
않고 오히려 놀라서 겁을 먹은 상태라고 하더군요. 여기서 사건이
끝났다고 생각하시겠죠?

그런데 한 가지 이상한 사실이 있었답니다. 저는 그 사나이를 보
자마자 참을 수 없는 혐오감을 느꼈고, 그건 아이의 가족도 마찬가지

---

* 힌두교에서 저거너트는 최고신인 비슈누 신의 화신(化身)의 한 형태이다. 매년
여름 저거너트와 그 형제자매들의 신상은 거대한 수레 위에 올려지며 수천 명의
순례자들이 이 수레를 여름의 고향으로 끌고 간다. 독실한 신도들 중에는 거대
한 수레의 움직이는 바퀴 아래 몸을 내던져 죽음을 맞는 사람들이 종종 있다. 엔
필드는 아이의 몸을 짓밟아 뭉개는 하이드가 바퀴 아래로 희생자를 짜부라뜨리
는 저거너트의 수레처럼 보였다고 말하고 있다.
** 이 표현은 영국에서 인기 있는 스포츠인 여우 사냥에서 사용된다. "거기 서라"는
여우가 은폐물을 벗어나서 열린 공간으로 나오는 것을 봤을 때 사냥꾼이 입 밖으
로 외치는 소리다. 여기서는 엔필드가 범죄자를 목격하고 잡으려 한다는 신호로
외친 말이다.

였습니다. 당연한 일이었지요. 하지만 제가 놀랐던 것은 의사의 경우였답니다. 그는 나이가 좀 들어 보이는 데다 아무런 특색도 없고, 에든버러 사투리를 심하게 쓰는 무미건조해 보이는 일반적인 의사였습니다. 감수성이라곤 백파이프만큼도 없어 보였죠. 그렇지만 그 의사도 우리와 똑같은 감정을 공유했습니다. 의사가 그 사나이를 볼 때마다 너무 싫은 나머지 죽여버리고 싶은 욕구로 얼굴이 하얗게 질리는 것을 저는 보았답니다. 저는 의사가 무슨 생각을 하는지 정확히 알 수가 있었습니다. 의사도 제 머릿속의 생각을 알았을 테고요.

어쨌든 없애버리는 것은 불가능했기 때문에 저흰 차선책이라고 생각되는 행동을 취했지요. 방금 일어난 사건에 대한 추문을 런던 구석구석에 퍼뜨려 그의 이름에 먹칠을 하겠다고 그를 위협한 것입니다. 소문을 퍼뜨릴 수 있으니 반드시 그렇게 하겠다고요. 그런 사나이에게도 친구나 명예라는 것이 있다면 모두 떨어져나가게 만들어주겠다고 단언했습니다. 저희는 분노로 얼굴을 시뻘겋게 물들이고 몹시 꾸짖으면서도 가능하면 여자들의 눈에서 그를 가리려고 애썼습니다. 여자들이 하피(harpy)*처럼 거칠게 굴고 있었기 때문이지요. 저는 그렇게 증오에 찬 얼굴들을 전에는 결코 본 적이 없었습니다.

그 사나이는 그런 소동의 한가운데에서도 흉악한 표정으로 코웃

---

* 하피는 그리스 신화에 나오는 여자의 얼굴을 가진 새인데, 살아 있는 생명체에게서 영혼을 강탈하기 때문에 '강탈자'로 알려져 있다. 아이를 짓밟은 사나이를 붙잡으려 할 때의 이웃 여인들은 하피처럼 거칠고 탐욕스러워 보였다.

음을 치며 냉정했습니다. 약간 겁을 먹은 듯한 태도도 보이긴 했지만, 그것만 뺀다면 정말 악마 같았습니다. 그는 이렇게 말했습니다.

'흥, 이 사건으로 한재산 뜯어내려는 수작이라면 어쩔 수 없군. 신사라면 추태는 피하고 싶어 하지. 얼마나 원하는지 말해보라구.'

그래서 저희는 아이의 가족을 위해서 100파운드를 받아내기로 했습니다. 그 사나이는 끝까지 저항하고 싶어 하는 듯했습니다. 그렇지만 저희 쪽에서 숫자로 밀어붙이자 마침내 행동을 취했습니다. 다음 단계는 돈을 받는 것이었습니다. 그 사나이가 저희를 데려간 곳은 바로 저 건물, 저 문이었습니다. 그는 열쇠를 홱 꺼내더니 안으로 들어갔다가 얼마 안 있어 금화 10파운드와 소지한 사람에게 돈을 지불하게 되어 있는 쿠츠 은행 수표를 가지고 돌아왔습니다. 수표에 서명된 이름은 말씀드릴 수가 없습니다. 그게 제 이야기의 핵심이긴 하지만 말입니다. 그렇지만 아주 유명한 데다가 신문에도 가끔 오르내리는 이름이라는 점은 말씀드릴 수 있습니다. 숫자를 쓴 글씨체는 굉장히 뻣뻣해 보였는데 그에 비하면 서명은 매우 훌륭하더군요. 단 그 수표가 진짜라고 가정했을 때의 말이지만.

저는 그 사나이에게 하나에서 열까지 의혹투성이(apocryphal)*라

---

* 이 단어는, 성경의 일부였지만 저자나 권위가 의심스럽다고 간주하던 '외경(apocrypha: 히브리어 성경에서 희랍어 70인역 성경으로 번역되는 과정에 첨가되었다가, 70인역 성경을 다시 히브리어로 번역하는 과정에서 종교적 가치와 전거가 의심스럽다는 이유로 배제된 15권의 경전)'이라는 말에서 파생되었다. 엔필드는 그 수표가 "하나부터 열까지" 가짜이거나 적어도 의심이 가는 물건이라고 간주했다.

고 다그쳤습니다. 보통 사람이 새벽 네 시에 허름한 문으로 들어가서 다른 사람의 서명이 들어 있는 거의 100파운드나 되는 수표를 가지고 나오는 법은 없다는 점을 지적했지요. 그런데 그 사나이는 상당히 여유 만만한 태도로 코웃음을 쳤습니다.

'걱정 붙들어 매지그래. 은행이 문을 열 때까지 같이 있다가 내 손으로 현금으로 바꿔주면 될 것 아냐.'

그래서 저희는 모두 제 방으로 가서 밤을 지새웠습니다. 의사와 아이 아버지, 그리고 저와 그 사나이 모두 함께였지요. 날이 밝자마자 아침 식사를 하고 모두 함께 은행으로 갔습니다. 제가 직접 은행에 수표를 내밀면서 위조수표인 것 같다고 말했지요. 그런데 이게 웬일입니까? 수표는 진짜였습니다."

"쯧쯧."

어터슨은 혀를 찼다.

"변호사님도 저처럼 생각하시는군요. 맞습니다. 좋지 않은 이야기지요. 그 사나이는 어떤 사람도 상종치 못할 지독한 놈입니다. 그런데 그 수표에 서명했던 사람은 아주 교양이 높을 뿐만 아니라 저명하신 분이죠. (더 나쁜 것은) 좋은 일을 많이 하시는 변호사님의 친구분 중 한 분이라는 겁니다. 제 생각에는 그 친구분이 협박을 당하고 있는 것 같습니다. 훌륭하신 분이 젊었을 때 저지른 부주의한 행동에 대해서 엄청난 대가를 치르고 있는 거죠. 그 때문에 저는 저 집을 협박의 소굴이라고 부릅니다. 물론 그걸로도 완전히 설명되는 것은 아니지만 말입니다."

엔필드는 그렇게 덧붙이고는 생각에 빠졌다. 생각에 빠진 엔필드를 불러낸 것은 어터슨의 다소 갑작스러운 질문이었다.

"그럼 수표에 서명한 사람이 저곳에 살고 있는지는 모르는 건가?"

엔필드가 대답했다.

"그럴 것 같지 않습니까? 그런데 저는 우연히 그분의 주소를 알게 되었습니다. 그분은 어떤 광장 근처에 살고 있답니다."

어터슨이 말했다.

"그럼 자네는 음, 저 집에 대해 아무것도 묻지 않았단 말인가?"

"네, 변호사님. 좀 미묘한 문제라는 생각이 들었습니다. 물어보고 싶은 마음이야 굴뚝같았지만 그렇게 캐묻는 게 너무 심판의 날* 같은 짓이잖습니까. 질문을 한다는 것은 돌을 굴리는 것과 같지요. 굴린 사람은 언덕 꼭대기에 가만히 앉아 있지만, 돌은 굴러가서 다른 사람에게 부딪히는 겁니다. 죄 없는 사람이 자기 집 뒷마당에서 머리에 돌을 맞아 죽으면 그 가족은 성을 바꿔야 합니다**. 변호사님, 저에게는 신조가 하나 있습니다. 수상쩍어 보일수록 캐묻지 않는다는 것이죠."

어터슨이 말했다.

---

* 심판의 날은 세상의 마지막 날, 최후의 심판일이다. 이날에는 모든 사람이 자신의 행적에 대한 심판을 받기 때문에 악이 벌을 받을 것이라고 여겨진다. 엔필드는 공연히 캐물었다가 숨겨진 악행을 발견하게 될 것 같아서 하이드의 집에 대해 꼬치꼬치 캐묻지 않았다고 말했다.

** 남편이 죽어 과부가 재가하면 성이 바뀐다는 뜻(옮긴이 주)

"정말 좋은 신조로군."

"그렇지만 저 혼자서 그 집을 좀 조사해보긴 했습니다."

엔필드는 말을 이었다.

"그런데 아무래도 사람이 살고 있는 집처럼은 보이지 않습니다. 다른 문도 없고, 저 문을 드나드는 사람이라곤 제가 그 사건에서 만났던 사나이가 다지만 그마저도 드문드문 올 뿐입니다. 2층에서 안뜰을 내다보는 창문은 세 개가 있고 아래층에는 창문이 하나도 없습니다. 창문은 언제나 닫혀 있긴 하지만 깨끗합니다. 그리고 굴뚝도 한 개 있는데 굴뚝에서는 언제나 연기가 나고 있습니다. 그러니 누군가 살고 있긴 하다는 거죠. 그러면서도 분명치 않은 것이 그 안뜰 주변에는 건물들이 너무 많아서 어디서부터 어디까지가 한집인지 경계가 모호하거든요."

두 사람은 또 한동안 말없이 산책을 계속했다. 그러다 어터슨이 입을 열었다.

"엔필드, 자네의 생활신조는 정말 훌륭하군."

엔필드가 대답했다.

"네, 저도 그렇게 생각합니다."

"그렇지만 한 가지 묻고 싶은 것이 있군."

어터슨은 말을 이었다.

"아이를 짓밟았던 사내의 이름이 뭔지 알고 싶네."

엔필드가 말했다.

"글쎄요, 말씀을 못 드릴 이유가 없지요. 그 사내는 하이드라는 이름을 가지고 있었습니다."

"흠, 어떻게 생긴 사람이었나?"

"설명하기가 쉽지 않습니다. 그의 인상에는 무언가 이상한 점이 있습니다. 어딘지 모르게 기분 나쁘고, 어딘지 모르게 혐오스러운 얼굴이지요. 저는 그렇게 마음에 들지 않는 사람은 처음 보았습니다. 그러면서도 왜 그런 느낌이 드는지 알 수가 없어요. 어딘가 추하고 볼품없다는 느낌을 주는 모습이었지만 딱히 한 군데를 꼽을 수가 없습니다. 아주 이상한 모습이었지만 어디가 이상한지는 말하기 어렵습니다. 도와드릴 수가 없네요. 설명할 수가 없습니다. 바로 지금도 그의 모습을 뚜렷하게 떠올릴 수 있는 것을 보면 기억나지 않는 것도 아닌데 말입니다."

어터슨은 다시 한동안 침묵에 빠져 발걸음을 옮겼다. 심각한 생각에 빠져 있음이 분명했다. 마침내 어터슨이 입을 뗐다.

"분명히 그 사나이가 열쇠를 사용했나?"

깜짝 놀란 엔필드가 대답했다.

"변호사님……"

어터슨이 말했다.

"그럼, 알고 있네. 이상하게 보이겠지. 그 다른 사람의 이름을 묻지 않는 것은 내가 이미 알고 있기 때문이라네. 리처드, 자네의 이야기가 핵심을 찔렀군. 어떤 점에서든 정확하지 않은 것이 있다면 수정해주게나."

엔필드는 약간 부루퉁하게 대답했다.

"변호사님이 저에게 훈계를 하려는 줄 알았어요. 하지만 제가 말씀드린 것은 하나도 더하거나 빼지 않은 정확한 정황입니다. 그 사나이는 열쇠를 가지고 있었어요. 더욱이 지금도 가지고 있고요. 그가 열쇠를 사용하는 것을 본 것이 일주일도 되지 않았는걸요."

어터슨이 깊이 한숨을 내쉬고 아무런 말도 하지 않자 이윽고 엔필드가 다시 말을 꺼냈다.

"또 하나 말할 필요도 없는 교훈이 있었네요. 너무 말이 많았던 것이 부끄럽습니다. 앞으로 이 이야기는 두 번 다시 꺼내지 않기로 약속하죠."

어터슨은 대답했다.

"기꺼이. 그런 의미로 악수하세나, 리처드."

하이드를 찾아서

그날 저녁 어터슨은 우울한 기분으로 혼자 살고 있는 집으로 돌아왔다. 저녁 식사를 하기 위해 식탁에 앉았지만 맛이라곤 하나도 느낄 수 없었다. 보통은 저녁 식사를 마친 다음 난로 가까이에 앉아 독서용 책상에 놓여 있는 딱딱한 신학책을 집어 들고 읽는 것이 어터슨이 일요일을 보내는 방식이었다. 그러다가 집 근처 교회의 시계가 12시를 알리는 종을 치면 어터슨은 진실하고 감사하는 마음으로 잠자리에 들곤 했다.

그러나 그날 저녁 어터슨은 저녁 식사를 물리자마자 촛불을 들고 사무실로 갔다. 그곳에서 그는 금고를 열고 깊숙한 곳에 있는 지킬 박사의 유언장이라고 쓰인 서류를 열었다. 그는 눈썹을 찌푸린 채 자리에 앉아 유언장의 내용을 숙고했다. 유언장은 자필로 작성되어 있었다. 이미 유언장이 작성된 이상 지금은 어쩔 수 없이 맡고 있지만, 어터슨은 그 유언장을 만드는 데 털끝만큼의 협조도 거부했다.

그 내용인즉슨 의학박사(M. D.)이자 민법학 박사(D. C. L.)이며 법학 박사(L. L. D.)이고 동시에 왕립협회 회원(F. R. S.)*이면서 기타 등등인 헨리 지킬이 사망하면 그의 모든 재산을 '친구이자 은인인 에드워드 하이드'에게 상속하도록 하는 것이었다. 뿐만이 아니었다. 지킬 박사가 '3개월 이상 실종되거나 특별한 이유 없이 나타나지 않으면' 상기의 에드워드 하이드가 상기 헨리 지킬의 후임이 되어 지체 없이 모든 것을 가지며, 지킬 박사의 식솔들에게 약간의 돈을 지급하는 것을 제외하면 어떤 부담이나 의무도 질 필요가 없다는 내용이었다.

이 유언장은 오랫동안 어터슨의 두통거리였다. 변호사로서, 그리고 분별 있고 관습적인 삶을 존중하는 사람으로서 변덕스러움이란 온당치 못하다고 여기고 있는 어터슨에게 그런 유언장은 불쾌하고 거슬렸다. 지금까지는 하이드라는 사람을 전혀 모른다는 것이 그의 적대감을 부풀리고 있었지만, 이제 갑작스러운 기회에 어떤 사람인지 알게 되었다. 아무것도 모른 채 단지 이름만으로도 이미 충분히 나빴지만, 혐오스러운 성격으로 옷을 입히고 나니 더욱 나빴다.

---

* 각각의 이니셜은 의학 박사(Doctor of Medicine), 민법학 박사(Doctor of Civil Law), 법학 박사(Doctor of Laws), 왕립협회 회원(Fellow of Royal Society)을 나타낸다. 여기서 작가는 지킬 박사의 높은 학식과 인지도를 드러내고 있다.

그리고 그렇게 오랫동안 그의 눈을 가리고 있던 비현실적인 안개가 걷히고 나니 갑자기 친구의 모습이 뚜렷이 떠올랐다.

"처음엔 미친 짓이라고 생각했어."

어터슨은 기분 나쁜 서류를 다시 안전 금고에 넣으면서 중얼거렸다.

"이젠 불명예에 연관된 사건이 아닐지 두려워지는군."

그는 촛불을 끈 다음 두텁고 커다란 외투를 걸치고 캐번디시 광장으로 출발했다. 그곳에는 그의 친구인 저명한 라니언 박사가 몰려드는 환자들을 받고 있는 집이 있었다. 라니언이라면 뭔가를 알고 있을 거라는 생각이 들었다.

어터슨을 알고 있었던 점잔 빼는 얼굴의 집사는 그를 환대했다. 조금도 기다릴 필요 없이 어터슨은 라니언 박사가 혼자서 와인잔을 기울이고 있는 식당으로 바로 안내되었다. 라니언은 마음이 따뜻하고 건강했으며, 마른 몸집에 붉은 얼굴을 한 신사였다. 일찌감치 하얗게 새어버린 흐트러진 머리칼의 라니언은 명랑하면서도 태도는 매우 과단성이 있었다. 라니언은 어터슨을 보자마자 의자에서 벌떡 일어나 양팔을 벌리며 환영했다. 라니언의 특징인 그 싹싹함은 다소 극적으로 과장돼 보이긴 했어도 참된 감정을 담고 있었다. 두 사람은 학창 시절부터 오랜 친구였고 둘 다 스스로를 존중하면서도 서로에게 존경심을 품고 있었다. 게다가 언제든 상대와 같이 보내는 시간을 매우 즐겼다.

한가로운 대화를 잠시 나눈 뒤 어터슨은, 너무나 불쾌하게 그의 머리를 점령하고 있는 문제로 화제를 이끌었다. 어터슨이 말했다.

"헨리 지킬의 친구들 가운데 자네와 내가 가장 오래된(old) 친구들 아닌가?"

라니언은 낄낄 웃었다.

"글쎄, 좀 젊었으면* 좋겠는데."

"그렇지만 그건 자네 말이 맞지. 무슨 일이라도 있는 건가? 최근엔 그를 만난 적이 거의 없거든."

"정말인가? 자네 둘은 공통 관심사를 갖고 있는 줄 알았는데."

라니언이 대답했다.

"예전엔 그랬지. 하지만 헨리 지킬이 너무 허황되다고 여기게 된 지가 이미 10년이 넘었다네. 지킬은 이상한 방향으로 가기 시작했어. 머리가 이상해진 것 같아. 물론 오랜 세월을 알고 지냈으니 지킬에 대한 관심은 계속 가지고 있지. 아무튼 최근에는 지킬을 만난 적이 거의 없다네."

라니언은 말을 이었다.

"그런 비과학적인 허튼소리를 지껄인다면 다몬과 핀티아스**라

---

* 앞의 '오래된'이라는 뜻의 old를 '늙은'이라는 의미로 해석해서 그 반대말인 'young' 으로 말장난을 하고 있다.(옮긴이 주)

** 다몬과 핀티아스는 친구 사이로 전통적으로 완벽한 우정을 묘사할 때 언급된다. 핀티아스는 시실리에서 사형에 처해지게 되었는데 그가 고향에 가서 남은 일들을 처리하고 올 수 있도록 다몬이 자진해 볼모로 잡혔다. 핀티아스는 친구를 구하고 죽음을 맞이하기 위해서 제시간에 돌아왔다. 이 우정이 너무나도 놀라웠기 때문에 두 사람은 모두 석방되었다. 라니언 박사는 지킬 박사와 매우 가까운 친구였지만, 과학 이론에 대한 지킬 박사와의 불화는 다몬과 핀티아스같이 완벽한 친구 사이도 갈라놓을 정도로 컸다는 뜻이다.

도 소원해지고 말걸."

라니언이 이렇게 노여워하는 기색을 보이는 것이 어터슨에게는 다소 위안이 되었다. 그는 '학문 연구에서 조금 견해차가 있는 모양이군' 하고 생각했다. (부동산 양도를 제외하면) 학문에 대한 열정이라고는 전혀 없는 어터슨은 이렇게 생각하기까지 했다.

'기껏해야 그런 문제였군.'

어터슨은 라니언이 평정을 되찾을 수 있도록 잠시 내버려두었다. 그런 다음 자신의 용건을 꺼냈다.

"지킬의 피보호자인 하이드라는 사람을 만난 적이 있는가?"

라니언은 되물었다.

"하이드?"

"아니, 그런 이름은 들어본 적이 없는데. 태어나서 한 번도 들어보지 못한 이름이야."

어터슨이 얻을 수 있었던 정보는 그게 다였다. 그는 한밤중부터 날이 샐 때까지 커다란 침대에서 이리저리 엎치락뒤치락하며 고민했다. 깜깜한 암흑 속에서 헤매며 갖가지 궁금증에 시달리느라 어터슨은 거의 쉬지 못했다.

편리하게도 어터슨의 집 근처에 자리한 교회에서 6시를 알리는 종이 쳤지만 그는 여전히 그 문제에 매달리고 있었다. 여태까지는 지성적인 부분에서만 그를 괴롭히는 문제였지만, 이제 그의 상상도 연계가 되었다. 아니, 오히려 상상에 사로잡히고 말았다. 그날 밤 커튼을 드리운 완전한 어둠 속에 누워 뒤척이자니 머릿속에서 엔필드의 이야기가 하나의 영상처럼 스쳐 지나갔다.

한밤중의 도시에 가로등이 길게 빛을 발하고 있는 모습이 보였다. 그러더니 빠르게 걷고 있는 남자의 형체가 나타나고, 뒤이어 의사의 집에 갔다가 뛰어서 돌아오는 아이가 나타났다. 그 둘이 맞부딪혔다. 인간 저거너트는 아이를 짓밟고, 아이가 비명을 지르건 말건 제 갈 길을 갔다.

부유한 저택의 침실에서 친구가 잠들어 있는 영상도 어터슨의 머릿속에 떠올랐다. 멋진 꿈을 꾸면서 웃으며 잠들어 있는 친구. 갑자기 문이 열리고, 침대를 둘러싼 커튼이 홱 벌어진다. 잠자던 사람이 눈을 뜬다. 오, 맙소사! 침대 옆에는 그의 지배자가 서 있고, 아무리 한밤중이라도 그는 벌떡 일어나서 명령을 따라야만 한다.

두 장면에 나오는 사람이 밤새도록 어터슨의 머릿속에서 떠나지 않았다. 선잠이라도 들라치면 그 형체가 잠든 집 안으로 은밀하게 미끄러져 들어와 현기증이 날 정도로 어지럽게 만들었다. 그 형체는 가로등이 밝혀진 넓은 미궁* 같은 도시를 더욱더 빠르게 움직이고 있었으며, 거리거리 모퉁이를 돌 때마다 아이를 짓밟아 비명을 지르게 만들었다. 그러면서도 그 형체에는 얼굴이 없었다. 그의 꿈

---

* 그리스 신화에 나오는 미궁은 괴물 미노타우로스를 가두기 위해서 다이달로스가 건축한 미로이다. 이 미로는 아주 정교하게 꼬여 있어서 일단 그 안에 들어간 사람은 길을 잃고 미노타우로스에게 잡아먹힐 때까지 어지러운 길을 계속 헤맬 수밖에 없었다. 어터슨은 꾸벅꾸벅 조는 동안 사악한 모습의 하이드가 길을 따라 서 있는 아이들을 짓밟으면서 거리의 꾸불꾸불한 미로를 헤매는 모습을 본 것 같았다.

속에서조차도 얼굴이 없거나, 있다고 해도 그를 괴롭힌 다음 눈앞에서 흐물흐물 녹아버렸다.

하이드의 실제 모습을 보아야겠다는 이상하게 강한, 거의 지독하다고 할 만한 호기심이 어터슨의 머릿속에서 일어나 급속히 자라난 것은 바로 그때였다. 어터슨은 세상의 모든 수수께끼들이 그러하듯이 일단 그 사나이를 보기만 하면 수수께끼는 가벼워질 것이고 어쩌면 사라져버릴지도 모른다고 생각했다. 그의 친구가 그렇게 이상한 특혜를 베푸는 이유 혹은 속박되어 있는 이유를(어느 쪽인지는 알 수 없지만) 알게 될 수도 있고, 이상한 유언장을 쓰게 된 경위를 알게 될지도 몰랐다. 어쨌든 동정심이라고는 눈곱만치도 없는 데다가, 감수성이 예민하다고는 할 수 없는 엔필드에게 그저 보는 것만으로도 그만한 혐오감을 불러일으킨 사람의 얼굴이라면 적어도 한 번쯤 봐둘 만한 가치가 있었다.

그때부터 어터슨은 가게들로 가득한 뒷골목에 있는 그 집 문 앞을 어슬렁거리기 시작했다. 아침에는 업무 시간 시작 전까지, 일은 많고 시간은 없는 정오 무렵에도, 밤에는 안개 자욱한 도시의 달 아래에서 그는 변함없이 그곳을 기웃거렸다.

'그가 숨는 자*라면 나는 찾는 자가 되겠다.'

어터슨은 생각했다.

마침내 그의 인내가 보답을 받았다. 맑고 건조한 밤이었다. 공기

---

* 하이드의 이름(Hyde)은 숨는다는 뜻의 'hide'와 발음이 같다.(옮긴이 주)

는 몹시 차가웠고, 거리는 무도회장의 마룻바닥만큼이나 깨끗했다. 바람 한 점 불지 않았기 때문에 가로등은 일정한 패턴으로 빛과 그림자를 드리우고 있었다. 가게들이 모두 문을 닫은 열 시 무렵이 되자 뒷골목에는 인적이 끊겼고, 사방에서 들려오는 런던의 낮은 소음과는 상관없이 매우 조용했다. 조그만 소리도 멀리 퍼졌다. 양쪽에 늘어선 주택들 안에서 나는 소리도 선명하게 들렸고, 지나가는 사람이라도 있으면 통행인이 모습을 나타내기 오래전부터 소리가 들렸다.

어터슨은 그 문 앞을 지켜본 지 얼마 지나지 않아 이상하게 가벼운 발소리가 다가온다는 것을 알아차렸다. 밤마다 망을 보고 있던 어터슨은 도시의 웅성거리는 소음 속에 묻혀 있던 사람들의 발걸음이 이쪽을 향할 때, 멀리 떨어진 거리에서도 갑자기 발소리가 튀어나오는 듯한 기묘한 경험에 익숙해져 있었다. 하지만 지금처럼 날카롭고 결정적인 느낌이 든 적은 한 번도 없었다. 갑작스레 성공했다는, 미신에 가까울 정도로 강렬한 예감이 들었다. 어터슨은 안뜰로 들어가는 입구에 몸을 숨겼다.

발소리는 빠르게 가까워졌고 길모퉁이를 돌자 갑자기 소리가 커졌다. 몸을 숨긴 입구에서 앞을 내다본 어터슨은 곧 자신이 만나야 할 사람의 모습을 볼 수 있었다. 그 사나이는 자그만 몸집에 아주 평범한 옷차림을 하고 있었는데, 이유는 알 수 없지만 먼 거리에서도 그의 외양은 어터슨의 성향과 심하게 어긋났다. 어쨌든 그 사내는 시간을 아끼려고 길을 가로질러 곧바로 문 쪽으로 갔고, 집에 도착한 다른 사람들이 으레 하듯이 건물 쪽으로 다가오면서 주머니에서 열쇠를 꺼냈다.

어터슨은 숨어 있던 곳에서 나와 바로 앞을 지나가는 그의 어깨를 건드렸다.

"하이드 씨가 맞습니까?"

하이드는 놀란 듯 숨을 훅 들이켜며 몸을 움츠렸다. 그리고 어터슨의 얼굴은 돌아보지도 않은 채 차갑게 말했다.

"내가 하이드요. 무슨 일이오?"

"하이드 씨가 들어가는 것을 보았습니다. 저는 지킬 박사의 오랜 친구인 어터슨이라고 하는데 가운트 거리에 살고 있습니다. 제 이름은 들어보셨겠죠? 마침 이렇게 우연히 만나게 되었으니 잠깐 방문을 허락해주셨으면 합니다."

"지킬 박사는 없소. 그 사람은 집에 없어요."

하이드가 열쇠를 넣지 않은 채 대답했다. 그러더니 여전히 얼굴은 쳐다보지 않고서 갑자기 물었다.

"저를 어떻게 알게 되신 겁니까?"

어터슨이 말했다.

"하이드 씨, 제 부탁을 하나 들어주셨으면 합니다."

하이드가 대답했다.

"얼마든지. 무슨 일이오?"

"얼굴을 좀 보여주시지 않겠습니까?"

하이드는 망설이는 것처럼 보였다. 그러더니 갑자기 무슨 생각이

30

라도 떠오른 듯 도전적으로 얼굴을 정면으로 돌렸다. 두 사람은 얼마 동안 꼼짝도 하지 않고 서로의 얼굴을 응시했다. 어터슨이 말했다.

"이제 다시 만나도 알아볼 수 있겠군요. 그럼 도움이 되겠지요."

"우리가 만났다는 것도 잘된 일이겠지. 그럼 이번 기회에 내 주소도 드리도록 하지요."

하이드는 어터슨에게 소호 거리에 있는 주소를 주었다. 어터슨은 생각했다.

'하느님 맙소사! 설마 이자도 유언장에 대해 알고 있는 것은 아니겠지?'

하지만 어터슨은 그런 낌새를 전혀 보이지 않은 채 주소를 알려준 것에 대해 고맙다는 인사만 했다. 하이드가 물었다.

"그건 그렇고 도대체 나를 어떻게 알아본 거요?"

"설명을 들었지요."

"누가 설명을 했는데요?"

어터슨이 말했다.

"우리 둘 다 공통으로 알고 있는 사람이 있답니다."

"공통으로 알고 있는 사람이라고?"

하이드가 약간 잠긴 듯한 쉰 목소리로 뇌까렸다.

"그게 도대체 누구란 말입니까?"

"예를 들면 지킬 박사도 있지 않습니까?"

"지킬 박사가 그런 말을 했을 리가 없어."

분노로 얼굴을 시뻘겋게 물들인 채 하이드가 소리쳤다.

"어터슨 씨가 거짓말을 할 줄은 몰랐군."

어터슨이 대꾸했다.

"이봐요. 말이면 단 줄 아십니까?"

사납게 냉소하며 큰 소리로 으르렁거리던 하이드는 바로 다음 순간 놀랄 정도로 빠르게 문을 열고 집 안으로 사라져버렸다.

하이드가 떠난 다음에도 어터슨은 한참 동안이나 불안한 마음으로 그 자리에 서 있었다. 거리를 향해 천천히 움직이기 시작한 후에도 어터슨은 정서적인 혼란에 빠진 사람처럼 이마에 손을 올린 채 몇 걸음마다 멈칫거렸다. 그가 걸으면서 숙고하고 있는 문제는 거의 풀릴 가망이 없는 것이었다.

하이드는 창백하고 난쟁이 같은 모습이었다. 그는 특별히 기형인 데가 없는데도 왠지 모르게 불구라는 느낌을 주는 사람이었다. 웃는 얼굴조차 불쾌한 느낌이었다. 하이드는 어터슨에게 일종의 비겁함과 대담함이 흉악하게 섞인 악의를 품고 있었으며, 꺼칠꺼칠하고 낮은, 어딘가 깨어진 듯한 목소리로 말을 했다. 그 모든 것이 어터슨으로서는 마음에 들지 않았다.

하지만 그것만으로는 어터슨이 하이드에게 느꼈던 미지의 메스꺼움과 혐오감, 그리고 두려움을 설명할 수가 없었다. 혼란스러워진 어터슨은 중얼거렸다.

'뭔가 다른 이유가 있는 것이 틀림없어. 이름을 붙이긴 어렵지만 뭔가가 있어. 오, 하느님, 그는 사람 같지가 않아. 말하자면 야만인 같다고나 할까? 아니면 펠 박사*의 옛날이야기라고나 할까? 아니면 단순히 사악한 영혼이 그 영혼을 담은 진흙 용기의 밖으로 새어 나와 변형된 느낌이란 말인가? 아, 불쌍한 내 친구 헨리 지킬. 자네의 새 친구는 얼굴에 악마의 표지를 달고 다니는군.'

뒷골목의 모퉁이를 돌아선 곳에는 오래된 멋진 집들이 늘어선 구역이 있었다. 예전의 부유함이 쇠락해서 이제는 대부분의 집들이 지도 조판공, 건축가, 수상한 변호사, 그리고 정체 모를 사업의 대리인들같이 온갖 종류의 사람들이 사는 아파트와 사무실이 되어 있었다. 그러나 모퉁이에서 두 번째 집만은 여전히 한 개인이 소유하고 있었다. 지금은 현관 채광창을 제외하곤 어둠에 잠겨 있지만 굉장히 부유하고 안락해 보이는 이 집 문 앞에서 어터슨은 발길을 멈추고 문을 두드렸다. 잘 차려입은 나이 든 하인이 문을 열었다. 어터슨이 그에게 물었다.

"지킬 박사는 집에 계신가, 풀?"

---

*   토머스 브라운(Thomas Brown)이 마르티알리스(Martialis)의 풍자시 I, 33을 자유 번역해서 쓴 유명한 후렴구에서 인용한 말이다.

      나는 당신을 사랑하지 않아요, 펠 박사님.
      이유는 말로 설명할 수 없어요.
      그렇지만 이것만은 너무 잘 알고 있어요.
      나는 당신을 사랑하지 않아요, 펠 박사님.

      하이드에 대한 참을 수 없는 혐오감을 분석하려고 애쓰면서 어터슨은 이 시인이 펠 박사를 좋아하지 않는 이유를 설명하기 어려운 만큼이나 자신의 감정을 설명하기 어려운지 자문해보았다.

"잠시만 기다려주십시오, 변호사님."

대답을 건네면서 풀은 어터슨을 커다랗고 지붕이 낮은 안락한 홀로 맞아들였다. 홀 바닥에는 포석이 깔려 있었고, (귀족들의 시골 저택에서 유행하듯이) 벽난로에 불을 지피고 있어서 따뜻했으며, 떡갈나무로 만든 값비싼 캐비닛이 장식으로 놓여 있었다.

"난롯가에서 조금만 기다려주시겠습니까? 아니면 식당에 불을 켜드릴까요?"

"여기서 기다리도록 하지. 고맙네."

어터슨은 난롯가로 다가가 높은 벽난로 울타리에 몸을 기댔다. 지금 어터슨 혼자 남아 있는 이 홀은 그의 친구인 지킬 박사가 굉장히 좋아하는 곳이었다. 그리고 어터슨 자신도 이 방을 런던에서 가장 쾌적한 공간이라고 칭찬하곤 했다. 그러나 오늘 밤 어터슨에게는 뼛속까지 한기가 들었다. 그의 머릿속에는 하이드가 무겁게 들러붙어 있었다. 어터슨은 구역질이 날 것 같았고, 삶에 염증이 느껴졌다. 우울한 마음이 들어서인지 윤이 나는 캐비닛에 날름거리는 불꽃이 마치 협박하는 것처럼 보였다. 이윽고 지킬 박사가 외출 중이라는 사실을 전하기 위해 풀이 돌아오자 안도하는 마음이 들었고 어터슨은 그런 자신이 부끄러워졌다. 어터슨이 말했다.

"옛날 해부실로 쓰던 방의 문으로 하이드 씨가 들어가는 것을 보았네, 풀. 그래도 괜찮은가? 지킬 박사도 집에 없는데?"

하인이 대답했다.

"괜찮습니다, 어터슨 변호사님. 하이드 씨는 열쇠를 가지고 있거든요."

생각에 잠겨 있던 어터슨이 다시 말을 이었다.

"자네 주인은 그 젊은이를 굉장히 신뢰하는 모양이지, 풀."

"굉장히 신뢰하신답니다. 저희 하인들에게는 모두 그분의 말씀에 따르라는 지시를 내리셨습지요."

"내가 전에 하이드 씨를 만난 적이 있던가?"

집사가 대답했다.

"아, 그럴 리가 없습니다, 변호사님. 하이드 씨는 여기서 저녁 식사를 하는 일이 없거든요. 사실 집의 이쪽 부분에서 하이드 씨를 만나는 일은 별로 없습니다. 하이드 씨는 대부분 연구실을 통해서 드나든답니다."

"알겠네. 잘 있게, 풀."

"안녕히 가십시오, 어터슨 변호사님."

어터슨은 무거운 마음을 안고 집으로 가면서 생각했다.

'불쌍한 헨리 지킬. 그가 깊은 수렁에 빠져 있는 것은 아닌지 걱정되는군. 젊을 때는 좀 거칠게 놀긴 했지. 분명히 아주 오래전 일이긴 하지만 하느님의 법에는 출소 기한*이라는 게 없을 테니. 아, 분명히

---

* 법에는, 법정에서 더는 시시비비를 가리지 못하게 되는 일정한 시간상의 한계가 설정되어 있다. 하이드가 쥐고 있을 만한 지킬 박사의 약점을 곰곰이 생각하면서 어터슨은 지킬 박사가 젊은 시절에 저질렀던 그릇된 일과 어떤 관계가 있지 않을까 생각했다. 그러나 하느님은 언제든 우리가 저지른 죄악을 설명하도록 판결할 수가 있으므로 그분의 눈에는 출소 기한이라는 것이 존재하지 않는다고 어터슨은 생각했다.

그런 것이야. 예전에 저지른 죄의 유령일 테지. 숨기고 있던 불명예 스러운 죄일 테지. 오랜 세월이 흘러 기억조차 희미해졌고 자기애 (自己愛)가 이미 그 죄를 다 덮어버렸는데 심판이 왔군.'

어터슨은 그런 생각에 문득 두려워져서 한참 동안 자기 자신의 과거를 돌아보았다. 오래된 죄악이 상자 속의 도깨비 인형처럼 튀 어나오지 않을까 기억 구석구석을 더듬었다.

그의 과거는 상당히 결백한 편이었다. 과거의 삶의 기록을 어터 슨보다 덜 불안하게 돌이켜볼 수 있는 사람은 거의 없을 것이다. 그 럼에도 어터슨은 자신이 저지른 죄의 더께에 겸허해졌다. 그리고 수많은 죄악을 거의 저지를 뻔한 순간에 가까스로 피해 갈 수 있었 던 것에 대해 진실하고 두려움에 찬 감사 기도를 올렸다. 그런 다 음 다시 본래 생각하고 있던 주제로 돌아오면서 미약한 희망을 품 었다.

'그래, 이 하이드라는 녀석도 조사해보면 어딘가 구린 구석이 있 을 거야. 엄청난 비밀이 있겠지. 그 녀석 인상으로 봐서 불쌍한 지킬 이 아무리 큰 죄를 저질렀다 해도 햇빛 앞에 반딧불밖에 안 될 거야. 이렇게 놔둘 순 없어. 그 못된 녀석이 헨리의 머리맡에서 도둑처럼 훔치고 있다는 생각을 하는 것만으로도 소름이 끼치는걸. 불쌍한 헨리, 얼마나 불안할까! 유언장도 위험하지. 하이드가 그런 유언장 이 있다는 걸 알게 되기라도 하는 날이면 조급하게 상속을 받으려 할지도 모르는 일이야. 아, 내가 분발해야 해. 지킬이 나에게 맡겨주 기만 한다면……'

어터슨은 되풀이해서 생각했다.

'지킬이 나에게 맡겨주기만 한다면……'

그의 마음속 투명한 눈 위에 유언장의 이상한 구절이 다시 한번 뚜렷하게 떠올랐다.

긴장을 늦추는 지킬 박사

그로부터 2주일이 지난 후 다행스럽게도 지킬 박사가 옛 친구 대여섯 명을 유쾌한 저녁 식사에 초대했다. 손님들 모두가 지적인 사람들이었고 저명인사들이었으며, 훌륭한 와인을 감별할 줄 아는 미식가들이었다.

모두가 떠난 뒤에도 어터슨이 남아 있었던 것은 특별한 일이 아니라 그들 사이에서는 항상 있는 일이었다. 몇몇 사람들은 어터슨을 무척이나 좋아했다. 쾌활하게 들뜬 사람들과 입이 가벼운 수다쟁이들이 떠나면 집주인들은 으레 이 무뚝뚝한 변호사가 떠나지 못하도록 붙들곤 했다. 어터슨은 주제넘지 않고 조심성 있는 사람이어서 그들은 한껏 유쾌하고 명랑한 시간을 보낸 후 그의 풍요로운 침묵 안에서 겉치레를 벗어던지고 고적함을 즐겼다.

지킬 박사도 예외가 아니었다. 지금 건너편 난롯가에 앉아 있는 지킬의 표정을 보면 그가 얼마나 진실하고 따뜻한 마음으로 어터슨을 소중하게 여기고 있는지 느껴졌다. 지킬은 풍채가 좋고 균형 잡힌 몸을 가진 매끄러운 얼굴의 50대 남자였다. 약간 교활한 듯한 기색이 없는 것은 아니지만, 그는 어딜 보나 능력 있고 친절한 사람이었다. 어터슨이 말을 꺼냈다.

"자네와 이야기할 수 있게 되기를 고대했다네, 지킬. 자네의 그 유언장 말일세."

주의 깊은 관찰자라면 지킬 박사가 그 주제를 마땅치 않게 여긴다는 사실을 추측할 수 있었을 것이다. 그러나 박사는 곧 유쾌한 표정을 지으며 그런 기색을 지웠다.

"오 이런, 어터슨, 불쌍하게도 나 같은 의뢰인을 만났군. 자네가 내 유언장을 보았을 때만큼 곤혹스러워하는 사람은 어디서도 본 적이 없다네. 내 연구를 과학적인 이단이라 부르는 그 편협한 탁상공론가 라니언 정도나 그럴까? 물론 나도 라니언이 좋은 친구라는 것은 알고 있네. 훌륭한 친구지. 그렇게 얼굴 찡그리지 말게나. 나도 항상 그 친구를 더 잘 알려고 노력한다네. 아무리 그래 봐야 라니언은 편협한 탁상공론가야. 무식하고 시끄러운 탁상공론가라고. 라니언보다 더 실망스러운 사람은 본 적이 없어."

"나는 그 유언장이 마음에 들지 않네."

새로운 화제로 말을 돌리려는 시도를 가차 없이 무시하면서 어터슨이 추궁했다. 박사는 조금 날카로운 어조로 대꾸했다.

"내 유언장? 그래, 나도 알고 있다네. 자네가 그렇게 말하지 않았나?"

"다시 한번 말하겠네. 하이드라는 젊은이에 대해서 알게 된 것이 있어서 그래."

지킬 박사의 잘생긴 얼굴은 입술까지 창백하게 물들었고 눈초리가 험악해졌다.

"더는 듣고 싶지 않아. 이제 이 문제는 끝내기로 하지 않았나."

어터슨은 강경하게 말을 이었다.

"하도 험한 소문을 들어서 그래."

"그래도 변할 건 없네. 내 처지를 이해하지 못하는군."

어딘지 조리에 맞지 않는 태도로 지킬 박사가 대꾸했다.

"어터슨, 나는 정말 어려운 상황에 처해 있네. 내 처지는 정말 기묘해. 정말 해괴하다고. 말로는 해결할 수가 없는 문제야."

어터슨이 말했다.

"지킬, 자네는 내가 어떤 사람인지 알지. 날 믿어도 돼. 떳떳하게 죄다 털어놓게. 내가 자네를 구해줄 수 있네."

"훌륭한 어터슨, 자넨 정말 좋은 사람이야. 정말로 좋은 사람이지. 뭐라고 감사해야 할지 모르겠어. 나는 자넬 완벽하게 신뢰하고 있다네, 어느 누구보다도. 만약 선택을 해야 한다면 나 자신보다도 자네를 택하겠네. 하지만 이건 정말 자네가 생각하는 것과는 다른 일이야. 그렇게 나쁜 일이 아니라고. 자네가 안심할 수 있도록 한 가지 알려주지. 나는 필요하면 언제든 하이드를 떨쳐버릴 수 있다네.

맹세할 수 있어. 그리고 한마디만 덧붙이자면 어터슨, 자네가 선의로 해석하리라 확신하네만 이건 전적으로 사적인 문제야. 제발 이 문제를 이대로 묻어두면 안 되겠나."

어터슨은 잠시 동안 난롯불을 바라보며 곰곰이 생각에 잠겼다.

"자네가 완전히 옳다는 사실을 의심치 않겠네."

어터슨은 마침내 자리에서 일어나며 말했다.

"이 문제를 꺼내는 것은 이번이 마지막이었으면 하네. 하지만 일단 얘기를 꺼냈으니 한 가지 일러두고 싶은 게 있네."

지킬 박사가 말했다.

"나는 그 못된 하이드에게 지대한 관심을 갖고 있다네. 자네가 그를 만났다는 것도 알고 있네. 그에게 얘길 들었지. 하이드가 너무 버릇이 없어서 걱정이 되기도 해. 하지만 나는 그 젊은이를 진정으로, 정말 진정으로 걱정하고 있다네. 어터슨, 내가 죽으면 그를 도와서 그의 권리를 지켜주겠다고 약속해주게. 자네가 모든 사정을 알게 된다면 분명 그렇게 해줄 거야. 그리고 자네가 약속해준다면 내 마음이 한결 가벼워질 것 같네."

"하이드를 좋아하는 척할 수는 없을 거야."

어터슨이 대답했다.

"호의를 가져달라고 부탁하는 게 아니야."

지킬 박사는 어터슨의 팔에 손을 올리며 간청했다.

"정당한 권리만 지켜주면 돼. 나를 위해서라도 하이드를 도와달라고 부탁하는 걸세. 내가 죽으면 말야."

어터슨은 견딜 수 없다는 듯이 한숨을 내쉬었다.

"알겠네. 약속하지."

커루 살인 사건

거의 1년이 지난 후인 18××년 10월 18일 온 런던은 유례없이 잔인한 범죄의 소식에 떠들썩해졌다. 그토록 소란스러웠던 것은 희생자의 높은 지위 때문이었다. 사건의 자세한 내용은 의외로 단순했지만 사람들을 경악하게 만들기에 충분했다.

사건을 목격한 사람은 템스 강변에서 멀지 않은 집에 혼자 살고 있던 하녀였다. 그녀는 사건이 있던 날 밤 11시경에 잠자리에 들기 위해 2층으로 올라갔다. 한밤중의 런던에는 안개가 자욱했지만, 사건이 일어난 초저녁에는 구름 한 점 없이 맑았고 하녀의 집에서 내려다 보이는 좁은 골목길은 보름달 덕분에 대낮처럼 훤했다. 그녀가 창문 바로 아래 놓여 있던 상자 위에 앉아 몽상에 잠겼던 것을 보면 로맨틱한 상상에 빠지기라도 한 것 같다. 세상이 그보다 더 평화롭고 아름답게 여겨진 적은 한 번도 없었다. (그 사건에 대해 이야기할 때면 그녀는 눈물을 흘리며 그렇게 말하곤 했다.)

그렇게 하녀가 상상에 빠져 앉아 있을 때 멋진 백발 노신사가 골목길을 따라 그녀의 집 쪽으로 다가오는 것이 보였다. 그리고 몸집이 아주 작은 또 다른 신사가 맞은편에서 걸어오고 있었는데 처음에는 거의 눈치를 챌 수 없을 정도였다. 말소리가 들릴 만큼 가까운 거리가 되자(마침 하녀의 창문 바로 밑이었다) 노신사가 고개를 살짝 숙이더니 아주 공손하고 예의 바른 태도로 말을 걸었다. 그다지 중요한 말을 하는 것처럼은 보이지 않았다. 손가락으로 어딘가를 가리키고 있는 것을 보면 그저 길을 묻고 있는 것 같기도 했다. 노신사가 말을 하는 동안 아름다운 달빛이 그의 얼굴을 비추었고 하녀는 그 광경을 황홀하게 바라보았다. 고결해 보이면서도 고풍스러운 친절한 성격이 얼굴에 드러나는 것을 보면 노신사는 품위 있는 외양에 훌륭한 내면을 겸비한 것이 분명했다.

이윽고 상대편 신사에게 눈길을 돌린 하녀는 그가 주인집을 방문한 적이 있는 하이드라는 사람인 것을 알아차리고 깜짝 놀랐다. 그때도 하녀는 하이드에게서 나쁜 인상을 받았다.

하이드는 손에 들고 있는 무거운 지팡이를 만지작거리고 있었다. 그는 한마디도 대답하지 않은 채, 조심성 없는 조급한 태도로 노신사의 말을 듣고 있었다. 그러더니 갑자기 (하녀의 말로는) 미치광이처럼 급격한 분노를 터뜨리며 발을 구르고 지팡이를 휘둘렀다. 상처를 약간 입게 된 노신사가 깜짝 놀라 뒤로 한 걸음 물러났지만, 하이드는 완전히 이성을 잃고 그를 지팡이로 때리기 시작했다. 다음 순간 하이드는 신사를 구둣발로 짓밟고 빗발치듯 몽둥이 세례를 퍼부었다. 우두둑 뼈가 부러지는 소리가 들리고 신사는 길바닥에 나뒹굴었다. 이 광경을 목격하고 소름 끼치는 참혹한 소리까지 듣게 된 하녀는 정신을 잃고 말았다.

그녀가 정신을 차려 경찰을 부른 것은 두 시 무렵이었다. 살인범은 이미 오래전에 사라지고 없었지만, 희생자는 차마 눈뜨고 볼 수 없을 만큼 엉망진창인 상태로 골목길 한복판에 쓰러져 있었다. 범행에 쓰인 지팡이는 단단하고 무거운 아주 희귀한 나무로 만든 것이었지만 비정하고 잔인한 범죄의 장본인이 얼마나 휘둘러댔는지 가운데가 부러져서 한 토막이 근처 개천가에 뒹굴고 있었다. 다른 한 토막은 살인범이 가져갔음이 분명했다. 희생자의 몸에서는 지갑과 금시계가 발견되었다. 그 외에 명함이나 별다른 서류는 없었지만 뚜껑을 봉하고 우표를 붙인 편지 한 통이 나왔는데, 봉투 겉면에는 어터슨의 이름과 주소가 쓰여 있었다.

어터슨은 이튿날 새벽 침대에서 일어나기도 전에 편지를 전해 받았다. 그리고 편지를 채 들여다볼 새도 없이 경찰에게 사건 정황을 들었다. 어터슨은 심각한 표정으로 무거운 입을 열었다.

"시체를 보기 전에는 뭐라고 말할 수가 없군요. 아주 심각한 사건일 수도 있습니다. 제가 옷을 입는 동안 잠시 기다려주십시오."

그는 근심스러운 표정으로 서둘러 아침식사를 하고, 희생자의 시체가 옮겨 놓은 경찰서로 마차를 몰았다.

"그렇군요. 제가 알고 있는 사람입니다. 유감스럽지만 댄버스 커루 경이시군요."

"하느님 맙소사."

경찰관이 깜짝 놀라 외쳤다. 그러나 다음 순간 그는 직업적인 야심을 드러내며 눈을 빛냈다.

"정말이십니까? 세상이 떠들썩해지겠군요. 범인을 잡을 수 있도록 꼭 좀 협력해주십시오."

경찰관은 하녀가 목격한 사건의 전말을 간단하게 말한 다음 부러진 지팡이를 보여주었다.

어터슨은 이미 하이드의 이름을 듣고 움찔했다. 게다가 그 앞에 놓인 지팡이를 보니 더는 의심의 여지가 없었다. 부러져서 여러 군데가 상한 그 지팡이는 어터슨 자신이 몇 년 전에 헨리 지킬에게 선물했던 물건이라는 것을 금세 알아차렸기 때문이다. 어터슨이 물었다.

"하이드라는 사람은 혹시 키가 작지 않습니까?"

경찰관이 말했다.

"하녀의 말로는 유달리 조그맣고, 유달리 흉악한 생김새라고 하더군요."

어터슨은 곰곰이 생각해본 다음 고개를 들었다.

"제 마차를 타고 함께 가시지요. 하이드의 집으로 안내할 수 있을 것 같습니다."

그들이 출발한 것은 오전 9시 무렵이었는데, 가을의 첫 안개가 시

46

내를 감싸고 있었다. 초콜릿 색깔의 음침한 장막이 하늘에 낮게 드리워져 있었지만, 끊임없이 불어오는 바람이 전투태세를 갖춘 안개를 몰아냈기 때문에 마차를 타고 달리는 어터슨은 기묘할 정도로 여러 가지의 어슴푸레한 색조를 볼 수 있었다. 해질 무렵처럼 어둠침침한가 하면, 다른 쪽에서는 큰 불이라도 난 것처럼 풍부하고 타는 듯이 붉은빛이 비쳤다. 그런가 하면 순식간에 안개가 걷히고 여린 햇살이 소용돌이치는 고리처럼 빛나고 있는 곳도 있었다.

음울한 어둠을 쫓아내지도 못하고, 환히 불태워버릴 기력도 없는 가로등 불빛이 비추고 있는 소호의 음산한 거리에선 질퍽질퍽한 길을 단정치 못한 보행자들이 지나다니고 있었다. 어터슨의 눈에는 그 모든 것이 어우러져 마치 악몽에 나오는 장소처럼 보였다. 게다가 그의 마음에는 한없이 어두운 그림자가 드리워져 있었다. 동행하고 있는 경찰관을 돌아보며 그는 법과 법의 수호자인 경찰에 대해 두려움을 느꼈다. 이런 분위기에서라면 아무리 결백한 사람도 그런 느낌을 갖지 않을 수 없을 것이다.

마차가 목적지 가까이 가자 안개가 조금 걷히고 지저분한 뒷골목과 술집과 싸구려 프랑스 식당과 값싼 잡지 가판대와 샐러드를 파는 가게와 문간마다 떼 지어 몰려 있는 누더기 차림의 아이들과 한 손에 열쇠를 든 채 해장술을 한잔 하려고 나온 다양한 국적의 수많은 여자가 어터슨의 눈에 드러났다. 다음 순간 다시 그 골목에 자욱하게 짙은 암갈색 안개가 끼어 더럽고 지저분한 광경을 장막처럼 차단했다. 이곳이 바로 헨리 지킬이 총애하는 젊은이, 25만 파운드의 유산을 물려받기로 되어 있는 바로 그 남자가 사는 곳이었다.

백발에 누런 얼굴을 한 늙은 하녀가 문을 열었다. 하녀는 겉으로는 서글서글해 보였지만 어딘지 위선적이고 사악한 분위기를 풍겼다. 하지만 일단 나무랄 데 없는 예의범절을 보여주었다.

"예, 맞습니다요. 하이드 씨 댁이 맞습니다만 지금은 집에 안 계신데요. 어젯밤 아주 늦게 돌아오셨다가 30분도 안 되어 다시 외출하셨습지요. 뭐, 특별히 이상한 일은 아닙지요. 나리의 습관이 워낙 불규칙적이라서요. 집에 안 들어오시는 날도 많지요. 어제만 해도 거의 두 달 만에 뵈었습니다요."

"잘 알겠소. 그러면 그의 방을 좀 보고 싶소만."

어터슨이 말했다. 하녀가 절대로 안 된다고 말하려는 순간 그는 덧붙였다.

"함께 오신 분이 누군지 밝히는 편이 좋겠군. 이분은 스코틀랜드 담당 경찰서에서 나오신 뉴코멘 경위요."

그러자 얄미울 만큼 즐거운 기색이 하녀의 얼굴을 스쳤다.

"아, 나리에게 문제가 생겼군요. 무슨 죄를 저질렀는뎁쇼?"

어터슨과 경위는 서로 눈빛을 주고받았다. 경위가 말했다.

"그다지 인기 있는 사람은 아니었던 모양이군요. 자, 아주머니, 나와 이 신사분은 잠시 하이드 씨의 방을 조사해야겠소."

하녀마저 없었더라면 텅 빈 것이나 다름없을 그 집 전체에서 하이드가 사용하는 방은 두 개뿐이었다. 그렇지만 방을 장식한 가구는 호화스럽고 훌륭한 취향을 보여주었다. 찬장에는 와인이 가득했고, 접시는 은으로 만든 것이었으며, 식탁보도 우아했다. 벽에 걸려 있는 훌륭한 그림은 안목 높은 수집가인 헨리 지킬의 선물일 것이라고 어터슨은 짐작했다. 카펫은 실을 여러 겹으로 꼬아서 만든 두터운 것이었고 색깔도 적당했다.

그러나 지금 이 순간, 방들은 서둘러서 샅샅이 뒤집어놓은 흔적을 여실히 드러내고 있었다. 바닥에는 주머니가 뒤집힌 옷들이 내동댕이쳐져 있었고 자물쇠 달린 서랍들은 모두 열려 있었다. 그리고 한쪽 구석에 있는 벽난로에는 많은 양의 종이를 태웠던 듯 잿더미가 수북하게 쌓여 있었다. 경위는 잿더미에서 타지 않고 남아 있던 초록색 수표책의 맨 마지막 장을 꺼냈다. 부러진 지팡이 한쪽은 문 뒤에서 발견되었다. 이거야말로 하이드의 혐의를 확고히 하는 증거였으므로 경찰관은 몹시 기뻐했다. 은행에 들른 두 사람은 수천 파운드나 되는 돈이 살인범의 계좌에 예치되어 있다는 사실을 알게 되었다. 경찰관은 더욱 흐뭇해졌다. 그는 어터슨에게 말했다.

"문제없습니다, 변호사님. 이제 잡은 거나 진배없지요. 그 녀석은 바보가 틀림없습니다. 중요한 증거인 지팡이를 빠뜨린 것도 그렇고, 더군다나 수표책을 태워버리다니요. 쫓기는 처지에 돈은 목숨줄일 텐데. 이제 은행에서 기다리고, 수배 전단을 뿌리기만 하면 됩니다."

그러나 수배 전단을 만들기란 생각처럼 쉽지 않았다. 일단 하이드를 아는 사람이 그렇게 많지 않았다. 사건을 목격했던 하녀의 주인마저도 하이드를 만났던 것은 두 번뿐이었다고 증언했다. 게다가 하이드의 가족은 어디에도 없었다. 하이드는 사진을 찍은 적도 없었으며, 그의 얼굴을 기억하는 몇몇 사람의 설명은, 일반적인 목격자들이 그렇듯이, 저마다 크게 달랐다. 그들이 도망간 살인범의 생김새에 대해서 동의한 점은 말로 설명할 수 없지만 잊히지 않는 기분 나쁜 불쾌감, 오로지 그것 하나였다.

편지 사건

  늦은 오후가 되자 어터슨은 지킬 박사의 집을 찾았다. 풀은 어터슨을 반갑게 맞이했다. 그는 부엌방을 지나 예전에는 정원이었던 안뜰을 가로질러 연구실 혹은 해부실이라고 불리는 건물로 어터슨을 안내했다. 지킬 박사는 유명한 외과의사의 상속자에게 이 집을 샀다. 그러나 지킬 자신의 관심사는 해부학보다는 화학 쪽에 있었기 때문에 그에 맞춰 정원 안쪽에 있는 이 건물의 용도를 바꾸었다.

  어터슨이 지킬의 집에서 이쪽 구역에 발을 들여놓은 것은 그날이 처음이었다. 어터슨은 호기심에 차서 낡고 창문도 하나 없는 건물을 훑어보았다. 한때는 열성적인 학생들로 바글거렸을 테지만 지금은 쓸쓸하고 고요하기만 한 강의실을 가로지르면서 자세히 둘러보자 어쩐지 기묘하게 싫은 느낌이 들었다. 테이블에는 화학 실험 기구가 여기저기 놓여 있었고, 마룻바닥은 흩어진 나무 상자들과 짐을 꾸리는 데 쓰는 지푸라기들로 어질러져 있었다. 둥근 천장을 통해 안개로 흐릿해진 어슴푸레한 빛이 새어 들어왔다.

강의실 저쪽 끝에는 붉은색 나사*로 덮인 문까지 올라가는 계단이 있었다. 그리고 이 계단을 올라가면 마침내 지킬 박사의 연구실이었다. 연구실은 유리를 끼운 서랍장이 빙 두르고 있는 넓은 방이었고, 방 한가운데에는 사무용 책상과 전신 거울이 놓여 있었다. 안뜰이 내려다 보이는 먼지가 잔뜩 낀 창문 세 개에는 쇠창살이 달려 있었다. 쇠로 된 격자가 달려 있는 벽난로에는 불을 지펴놓았고, 집 안인데도 안개가 자욱했기 때문에 벽난로 선반에는 램프를 밝혀놓았다. 난롯불 가까이에 앉아 있는 지킬 박사는 지독하게 창백해 보였고 기운이 빠져서인지 어터슨을 맞으러 일어나지는 못했지만 그래도 차가운 손을 내밀어 친구를 환영했다. 목소리도 다른 때와는 사뭇 달랐다. 풀이 방을 나가자마자 어터슨이 서둘러 말을 꺼냈다.

"자네, 그 소식은 들었겠지?"

지킬 박사는 부르르 몸을 떨었다.

"광장에서 사람들이 떠드는 소리가 우리 집 식당까지 들리더군."

"한 가지 말해둘 것이 있네."

어터슨은 말을 이었다.

"커루 경은 나의 고객이었네. 자네와 마찬가지로 말일세. 그래서

---

* 두꺼운 모직물의 일종(옮긴이 주)

나로선 태도를 분명히 할 수밖에 없네. 그 녀석을 숨겨줄 정도로 정신이 나가진 않았겠지?"

지킬 박사가 소리쳤다.

"어터슨, 하느님께 맹세하네. 다시는 그를 만나는 일이 없을 거라고 하느님께 맹세하겠네. 내 명예를 걸고 이제 그와 관계되는 일은 더는 없을 거야. 그와 나 사이엔 이제 아무런 볼일도 없어. 그리고 사실 그도 내 도움을 원하지 않는다네. 자네는 나만큼 그를 모르잖나. 이제 그는 해를 끼칠 수 없어. 정말로 모두 끝났다니까. 앞으로 그에 대한 이야기가 우리 귀에 들리는 일은 없을 걸세."

어터슨은 무거운 마음으로 그의 말을 들었다. 지킬 박사가 지나치게 열성적인 태도로 말하는 것이 어쩐지 마음에 걸렸다.

"그 사내에 대해서는 무척 자신이 있는 모양이로군. 자네를 위해서라도 그 말이 옳기를 바라네. 재판이라도 벌어진다면 자네 이름도 언급될지 몰라."

"걱정할 필요 없어. 누구에게도 털어놓을 수 없지만, 사실 그렇게 확신할 만한 배경이 있다네. 하지만 한 가지, 자네의 충고를 받고 싶은 문제가 있어. 나는, 나는 편지 한 통을 받았다네. 그 사실을 경찰에 알려야 할지 말아야 할지, 어찌할 바를 모르겠군. 어터슨, 자네가 이 편지를 맡아주지 않겠나? 자네라면 현명한 판단을 내릴 수 있을 거라고 확신하네. 난 자네를 전적으로 신뢰하네."

어터슨이 물었다.

"그 편지 때문에 그가 잡히게 될까 봐 걱정이 되는 건 아닌가?"

"아닐세, 절대 아니야. 하이드가 걱정스럽다고는 말할 수 없네. 그와는 이제 완전히 끝났다니까. 내가 걱정하는 것은 이 끔찍한 범죄 때문에 내 명예가 더럽혀지는 것일세."

어터슨은 잠깐 동안 생각에 잠겼다. 그는 친구의 이기심에 조금 놀라긴 했지만 한편으로는 다행이라는 생각이 들었다. 이윽고 어터슨은 입을 열었다.

"일단 그 편지를 좀 보여주지 않겠나?"

위아래로 쭉쭉 뻗은 기묘한 필체로 쓰인 그 편지에는 에드워드 하이드라고 서명되어 있었다. 내용은 아주 간단했다. 오랫동안 은인인 지킬 박사에게 헤아릴 수 없는 은혜를 입었으나 안전을 위해 아무에게도 알리지 않고 도망쳐야 한다는 내용과 함께 확실하게 도망칠 방법이 있으니 걱정하지 말라는 말이 덧붙여져 있었다.

어터슨은 이 편지가 아주 마음에 들었다. 생각보다 두 사람의 관계는 심각하지 않은 것 같았다. 그는 과거에 의심하는 마음을 품었던 자신을 나무랐다.

"봉투도 있는가?"

"봉투는 태워버렸다네."

지킬이 말했다.

"아무 생각 없이 그만 태워버렸지. 그렇지만 우체국 소인은 찍혀 있지 않았네. 사람을 시켜서 보내왔거든."

"내가 이 편지를 가져가서 하룻밤 자면서 천천히 생각해봐도 될까?"

지킬 박사가 대답했다.

"되고 말고. 모든 걸 자네 판단에 맡기겠네. 이젠 나 자신을 믿지 못하겠어."

"그럼 생각해보도록 하지. 한 가지만 더 물어보고 싶네. 자네 유언장에 그 실종이라는 말이 들어가도록 한 건 하이드였는가?"

지킬 박사는 갑자기 실신할 듯 보였다. 그는 입을 꾹 다물더니 고개를 끄덕였다.

"그럴 줄 알았네."

어터슨은 위로를 건넸다.

"자네를 죽일 작정이었던 거야. 잘 피할 수 있어서 다행이네."

"그 이상으로 많은 것을 배웠지. 정말 충분한 교훈을 얻었네. 오, 하느님! 어터슨, 정말 끔찍한 교훈이었네."

지킬 박사는 괴로운 듯 얼굴을 손에 묻었다.

어터슨은 지킬 박사의 집을 나오다가 발걸음을 멈춰 풀에게 한두 마디 물었다.

"그런데 풀, 오늘 박사님께 편지를 가져온 사람은 어떻게 생겼던가?"

그러나 풀은 우편으로 온 것 말고 다른 편지는 전혀 없었다고 자신 있게 단언했다.

"우편으로 온 것들도 하잘것없는 광고뿐이었지요."

풀은 이렇게 덧붙였다.

풀의 대답을 듣자 어터슨은 다시 두려워졌다. 분명히 편지는 실험실 문으로 직접 전해졌거나, 어쩌면 사실은 연구실 안에서 쓴 것일지도 모르겠다는 생각이 들었다. 만약 그렇다면 조금 다른 각도에서 생각을 해보고, 더욱 주의해서 다루어야 했다.

발을 내딛는 어터슨의 주변 길에는 신문팔이 소년들이 목이 쉬어라 소리를 지르며 신문을 팔고 있었다.

"호외요, 호외! 충격적인 하원의원 살인 사건이오!"

신문팔이 소년들의 외침은 그의 고객이었던 한 친구에 대한 장례식 추도사였다. 동시에 그는 또 다른 친구의 훌륭하고 명예로운 이름이 추문의 소용돌이에 끌려 들어가지나 않을까 하는 걱정을 떨칠 수가 없었다. 어쨌든 그는 신중하게 생각해서 결단을 내려야 했다. 어터슨은 언제나 자신감을 갖고 일을 처리해나가는 편이었지만 이번만은 누군가의 충고를 받고 싶어졌다. 물론 정황을 직접 털어놓을 수는 없을 것이다. 그러나 넌지시 비쳐서 슬쩍 충고를 이끌어낼 수 있지 않을까 하는 생각이 들었다.

이윽고 사무실에 돌아온 어터슨은 그의 밑에서 일하는 사무원 게스트와 함께 난롯가에 앉았다. 두 사람 사이에는 난롯불과 적당한 거리를 두고 와인 한 병이 놓여 있었다. 어터슨 집 지하실에서 오랫동안 햇빛에 노출되지 않고 숙성된, 각별히 오래된 와인이었다. 안개는 여전히 잠든 도시 위에 날개를 펴고 있었고, 가로등은 붉은 보석처럼 빛났다. 런던을 감싸고 있는 이 짙은 안갯속에서도 도시의 삶을 실은 마차의 행렬은 세찬 바람소리 같은 소리를 내며 주 도로를 굴러갔다. 그러나 방 안은 난롯불 덕분에 아늑한 분위기였다.

병 안의 와인은 오래전에 신맛이 용해되고, 시간이 흐르면서 질 좋은 와인으로 숙성되어 있었다. 얼룩진 창문으로 들어오는 빛 덕분에 와인빛은 더욱 풍부해 보였고, 이제 막 봉인이 해제된 병에서는 포도원 언덕에 내리쬔 뜨거운 여름날 오후의 햇살이 풀려나와 런던의 안개를 쫓아버렸다.

어터슨은 서서히 긴장이 풀렸다. 게스트는 어터슨이 누구보다도 신뢰하는 사람이었다. 가끔은 자신이 애당초 마음먹은 만큼 게스트에게 비밀을 지키고 있기나 한 건지 확신이 서지 않을 정도였다. 게다가 게스트는 가끔 볼일을 보러 지킬 박사의 집에도 드나들었고, 집사인 풀과도 안면이 있었다. 그는 분명 하이드가 그 집에 드나든다는 사실도 들은 적이 있을 터였다. 그는 훌륭한 결론을 이끌어낼 수도 있을 것이다. 그렇다면 수수께끼를 정리할 이 편지를 보여줘도 좋지 않을까? 게다가 게스트는 훌륭한 필적 감정 연구가이자 비평가이기도 했다. 그러면 온당하면서도 훌륭한 방법을 강구할 수 있을 것이다. 그 외에도 게스트가 변호사라는 점을 고려해볼 때, 그에게 이 이상한 편지를 보여주면 뭔가 의견을 말할 것이고 어터슨은 그 의견을 듣고 앞으로의 방향을 정할 수도 있다.

어터슨이 입을 열었다.

"댄버스 커루 경 사건은 정말 유감스러운 일이야."

"정말 그렇지요. 굉장히 소란스럽더군요. 범인은 미친 녀석이 분명합니다."

어터슨이 대꾸했다.

"한 가지 자네 의견을 듣고 싶은 것이 있네. 실은 범인이 쓴 편지를 가지고 있다네. 우리 사이니까 하는 이야기네만, 나도 어찌해야 할지 모르겠어. 정말 곤란한 문제야. 여기 이 편지를 읽어보게. 범인의 자필이니 자네 방식대로 읽어보게나."

게스트의 눈이 빛났다. 그는 재빨리 편지를 받아 들고 열성적으로 샅샅이 검토했다.

"변호사님, 아닙니다. 미친 사람은 아닌데요. 그런데 분명 필적은 독특하군요."

"편지를 쓴 사람 자체도 아주 독특하지."

어터슨이 덧붙였다.

바로 그때 하인이 편지 한 통을 가지고 들어왔다.

"지킬 박사님이 보내신 건가요? 그 필적을 본 적이 있는 것 같군요. 사적인 내용인가요, 어터슨 씨?"

"그냥 저녁 식사 초대장일세. 왜 그러나? 이 편지를 보고 싶은가?"

"잠시만 봐도 될까요? 감사합니다."

게스트는 두 통의 편지를 나란히 놓고 필적을 꼼꼼하게 비교했다.

"고맙습니다."

마침내 그는 두 통을 모두 어터슨에게 돌려주며 입을 열었다.

"매우 독특한 필적이군요."

잠시 정적이 흘렀다. 초조해진 어터슨은 갑자기 질문을 던졌다.

"게스트, 왜 두 편지를 비교했나?"

"글쎄요."

게스트가 대답했다.

"기묘하게 닮은 점이 있군요. 이 두 필적은 여러 가지 측면에서 유사합니다. 단지 글씨가 기울어진 각도 정도만 차이가 나는군요."

"이상하군."

"변호사님 말대로입니다. 정말 이상하군요."

"잘 알고 있겠지만 이 편지에 대해서는 입을 다물어주게."

어터슨이 당부했다.

"그럼요, 변호사님."

게스트가 대답했다.

"물론 잘 알고 있습니다."

그날 밤 어터슨은 홀로 남게 되자마자 그 편지를 안전 금고에 집어넣었고, 편지는 그때부터 언제까지나 금고 속에 머무르게 되었다.

"맙소사! 헨리 지킬이 살인범을 위해 위조 편지를 쓰다니!"

어터슨은 온몸의 피가 차갑게 얼어붙는 것 같았다.

라니언 박사에게 일어난 무서운 사건

시간이 흘렀다. 사회적인 공분을 불러일으킨 댄버스 커루 경의 살인 사건에는 수천 파운드의 현상금이 내걸렸지만, 하이드는 처음부터 아예 존재하지 않았던 사람인 것처럼 경찰의 포위망을 벗어나 온데간데없이 사라져버렸다. 그동안 그의 행적들이 드러났는데 불명예스럽고 창피한 일투성이였다. 무정하고 폭력적인 하이드의 잔인함과 타락한 생활, 그리고 이상야릇한 패거리들과 과거 행적을 둘러싼 원한 등 갖가지 이야기가 사람들 입에 오르내렸지만 현재의 행방은 묘연한 상태였다.

살인 사건이 일어나던 날 아침 소호에 있는 집을 나선 이래로 그는 실제로 모습을 감춰버렸다. 그리고 시간이 흐름에 따라 어터슨은 심한 불안감에서 벗어나고 차차 냉정을 회복할 수 있었다. 어터슨은 하이드의 실종이라면 댄버스 커루 경의 죽음에 대한 보상이 될 만하다고 생각했다.

사악한 자의 영향에서 벗어난 지킬 박사는 새로운 생활을 시작했다. 그는 은둔 생활을 깨고 친구들과의 교류를 재개했으며, 다시 유쾌한 손님이자 환대하는 주인이 되었다.

이전에도 자선가로 알려져 있긴 했지만, 이제 자선은 지킬 박사의 생활신조가 되었다. 그는 바쁜 생활을 하고, 야외에서 많은 시간을 보냈으며, 선행을 베풀었다. 남을 위한 봉사를 하느라 내면의 양심이 빛을 발한 그의 얼굴은 밝고 환해졌다. 지킬 박사는 두 달이 넘게 평화로운 생활을 즐기고 있었다.

1월 8일 어터슨은 지킬 박사의 집에서 열린 작은 파티에 참석했다. 라니언도 초대되었다. 지킬 박사는 옛날 세 사람이 떼려야 뗄 수 없는 친구 사이였던 때처럼 한 사람 한 사람의 얼굴을 번갈아가며 들여다보았다. 그러나 1월 12일과 14일에는 어터슨이 지킬 박사의 집을 방문했을 때 문이 굳게 닫혀 있었다.

"방에 틀어박혀 계십니다. 아무도 만나지 않으시겠답니다."

풀은 상황을 이렇게 전했다. 어터슨은 15일에도 찾아갔지만 박사를 만날 수가 없었다. 지난 두 달 동안 거의 매일 박사를 만나왔던 어터슨은 지킬이 다시 방 안에 틀어박혔다는 사실에 마음이 무거워졌다. 16일 밤에는 어터슨에게 저녁 식사를 함께할 손님이 찾아왔다. 그래서 어터슨은 17일 밤에 라니언 박사를 찾아갔다.

최소한 라니언의 집에서는 출입을 거절당하지는 않았다. 그러나 집 안에 들어선 어터슨은 너무나 달라진 라니언의 얼굴에 경악을 금치 못했다. 라니언의 얼굴에는 죽음의 징조가 드리워져 있었다. 혈색이 좋았던 친구의 얼굴은 창백하게 변했고, 몸도 핼쑥해 보일 정도로 여원 데다가, 눈에 띌 정도로 머리카락이 빠져서 아주 나이가 들어보였다. 그렇지만 어터슨이 주목한 것은 이런 육체적인 변화가 아니었다. 라니언의 눈빛과 태도는 마음속 깊은 곳에 끔찍한 공포심이 자리 잡고 있다는 것을 뒷받침해주었다. 의사인 라니언이 죽음을 두려워한다는 일은 있을 법하지 않았지만, 어터슨은 그렇게 생각하지 않을 수 없었다. 어터슨은 생각했다.

'라니언은 의사야. 자기 몸 상태를 잘 알고 있을 테고, 살날이 얼마 남지 않았다는 것도 알게 된 거야. 견딜 수 없을 테지.'

그러나 어터슨이 안색이 좋지 않다고 말했을 때 라니언은 뜻밖에도 단호한 태도로 자기는 목숨이 다해가고 있다고 말했다.

"심한 충격을 받은 일이 있었네. 회복되진 못할 것 같아. 시간문제야. 나는 그동안 즐겁게 살아왔네. 내 삶을 사랑했지. 맞아, 예전엔 사랑했었지. 나는 이따금 이런 생각을 하네. 만약 모든 것을 다 알게 된다면 죽는 게 더 행복할지도 모른다는 생각 말일세."

어터슨은 말을 꺼냈다.

"지킬도 몸이 안 좋다네. 최근에 지킬을 만난 적이 있는가?"

라니언은 얼굴빛을 바꾸며 떨리는 손을 들어 손사래를 쳤다.

"지킬 박사와는 이제 두 번 다시 만나고 싶지도 않고, 그에 관해서는 이야기도 듣고 싶지 않아."

라니언은 불안정하게 떨리는 목소리로 말을 이었다.

"그와는 이제 아무런 볼일이 없네. 나는 그를 이미 죽은 사람이라고 여기고 있으니 그 사람 얘기는 입 밖에 꺼내지 말아주게."

"쯧쯧."

어터슨은 혀를 찼다. 그리고 한참 동안 침묵을 지키다가 다시 말을 꺼냈다.

"뭐라도 내가 할 수 있는 일이 없겠나? 우리 셋은 아주 오래된 친구 아닌가, 라니언? 앞으로 다시는 그런 친구를 사귀지 못할 것 같으이."

라니언이 대답했다.

"아무것도. 지킬에게나 물어보게."

"그는 나를 만나려 하지 않네."

"놀랄 것 없는 얘기야. 언젠가 어터슨, 내가 죽고 나면 자네도 이 일의 내막을 알게 될 거야. 그동안은 될 수 있으면 다른 이야기를 해주게. 그 저주받은 지킬의 이야기를 계속하려거든 이만 가게나. 그 이야기는 도저히 참을 수가 없네."

어터슨은 집에 도착하자마자 자리에 앉아 지킬에게 편지를 썼다. 왜 만나려 하지 않는지, 그리고 라니언과 불행하게 결별하게 된 이유는 무엇인지 묻는 편지였다. 다음 날 도착한 긴 답장은 매우 애처로우면서도, 가끔은 무슨 뜻인지 알 수 없는 내용을 담고 있었다.

친애하는 어터슨,

나는 옛 친구 라니언을 비난하지 않네. 그렇지만 나도 우리가 두
번 다시 만나서는 안 된다는 그의 의견에 공감하네. 나는 앞으로 철
저하게 은둔할 생각이네. 자네까지도 만나지 않겠다고 한다고 해
서 놀라지도, 나의 우정을 의심하지도 말아주게. 나 혼자 불행한 길
을 계속 걷게 내버려두게나. 자세히 말할 순 없지만, 내가 받는 벌과
위험은 나 스스로 초래한 것일세. 나는 큰 죄를 지은 죄인이고, 때문
에 큰 벌을 받고 있네. 이렇게 무기력한 공포와 고통이 세상에 또 있
겠는가. 어터슨, 자네가 이 운명을 덜어주기 위해 할 수 있는 일은
한 가지밖에 없네. 제발 내 침묵을 존중해주게.

헨리 지킬

어터슨은 이 편지를 읽고 몹시 놀랐다. 하이드의 사악한 영향에
서 벗어난 지킬 박사는 예전의 일상과 우정으로 돌아와 있었다. 불
과 일주일 전만 해도 그는 유쾌하고 명예로운 노년에 대한 기대로
희망을 듬뿍 머금고 있었는데, 이제 일순간에 우정과 마음의 평화,
그리고 모든 삶의 행로가 엉망으로 좌절되었다. 갑작스러운 변화는
광증의 징조로밖에 보이지 않았다. 그러나 라니언의 태도나 말을
보면 뭔가 알 수 없는 배경이 있는 것이 분명했다.

그로부터 일주일이 지나자 라니언 박사는 병석에 눕게 되었고,
채 2주일도 지나지 않아 숨을 거두었다. 장례식을 치른 날 밤 어터
슨은 슬픔에 잠겨서 사무실 문을 잠그고 우울한 촛불 한 개만 밝힌

채 자리에 앉았다. 그의 앞에는 죽은 친구가 주소와 이름을 써넣고 봉인한 봉투 하나가 놓여 있었다.

"어터슨만 뜯을 것. 어터슨이 먼저 사망할 경우 개봉하지 말고 없 앨 것."

봉투에는 이 부분이 강조되어 있었다. 어터슨은 내용물을 보기가 두려웠다. 어터슨은 생각했다.

'나는 오늘 친구 한 명을 땅에 묻었다. 이 편지를 읽음으로써 다른 친구를 잃게 되면 어쩌지?'

그러나 그런 두려움을 갖는 것이 친구에 대한 배신이라 생각한 어터슨은 마침내 봉인을 열었다. 안에는 비슷하게 봉인된 다른 봉투가 들어 있었는데, 겉봉에 "헨리 지킬 박사가 사망하거나 실종될 때까지 개봉하지 말 것"이라고 씌어 있었다.

어터슨은 자신의 눈을 의심했다. 그가 예전에 지킬에게 돌려준 정신 나간 유언장에도 분명히 지금 언급된 실종이라는 단어가 들어 있었는데 여기 라니언의 편지에서 다시 실종이라는 말과 헨리 지킬의 이름이 한데 묶여 있었다. 유언장에서 실종이라는 말이 나왔던 것은 하이드의 음흉한 협박 때문이었다. 거기서는 그 단어가 너무나 분명하고 무서운 의도를 담고 있었다. 그렇다면 라니언이 쓴 실종은 무엇을 뜻하는 것이란 말인가?

어터슨은 친구의 말을 무시하고 이 수수께끼의 진상을 샅샅이 헤쳐보고 싶다는 참을 수 없는 호기심에 사로잡혔다. 그러나 직업적인 명예와 죽은 친구에 대한 신의를 지키는 것은 그가 자신에게 부과한 엄격한 의무였다. 어터슨은 결국 그 봉투를 개인 금고 안에서 가장 깊숙한 곳에 잠들게 했다.

호기심을 억제하는 것과 극복하는 것은 다른 문제였다. 그날 이래로 어터슨에게는 살아 있는 친구 지킬과 만나고 싶은 마음이 예전처럼 간절하지는 않았다. 어터슨은 여전히 진심으로 지킬을 생각하고 있었다. 그렇지만 그는 불안하고 두려워졌다. 물론 어터슨은 종종 지킬을 찾아갔지만 끊임없는 거절에 오히려 안도하는 마음이 되어버리곤 했다. 아마도 그의 마음 깊은 곳에서는 자발적으로 유폐된 죄수의 집 안에 들어가 속내를 알 수 없는 은둔자와 한자리에 앉아 이야기를 나누는 것보다는 거리의 소음이 들리고 바깥공기를 쐴 수 있는 옥외 층계참에서 풀과 이야기하는 편이 낫다고 느꼈기 때문이다. 풀에게서는 그다지 좋은 소식이 없었다. 지킬 박사는 이전보다 더 자주 연구실에 틀어박혀 있으며, 가끔은 밤새도록 그곳에 머무르기도 한다고 했다. 지킬 박사는 기운이 빠진 듯 말도 거의 하지 않으며, 최근에는 독서도 하지 않는 것을 보면 뭔가 마음에 걸리는 일이 있는 것처럼 보인다고 했다. 풀이 전해주는 늘 비슷한 이야기에 익숙해져버린 어터슨은 차츰 발길이 뜸해지게 되었다.

창가에서 일어난 사건

어터슨이 엔필드와 함께 언제나처럼 산책을 나선 어느 일요일이었다. 두 사람은 우연히 전의 그 뒷골목으로 다시 발을 들여놓게 되었다. 그 집 문 앞에 이르자 두 사람은 발걸음을 멈추고 유심히 바라보았다. 엔필드가 입을 열었다.

"어쨌거나 그 이야기도 마침내 결말이 났군요. 두 번 다시 하이드를 보는 일은 없겠지요."

"그러기를 바라네. 나도 하이드를 만난 적이 있다는 말을 자네에게 했던가? 자네가 소름 끼칠 정도로 혐오스러운 인상을 받았다던게 이해가 되더군."

"하이드를 한 번이라도 본 적이 있는 사람이라면 누구나 그런 인상을 받았을 겁니다. 그런데 전 여기가 지킬 박사님 댁 뒷길이라는 것도 몰랐으니 얼마나 바보스러워 보였을까요. 제가 그 사실을 알게 된 건 어느 정도는 변호사님 덕분입니다."

엔필드가 대꾸했다.

"자네도 알게 되었단 말이지? 기왕 그렇게 되었다면 안뜰로 들어가서 창문을 좀 들여다보도록 하세. 솔직히 말해 가엾은 지킬 때문에 마음이 편치 않아. 친구가 밖에 찾아온 것을 알면 지킬에게 위안이 될 수도 있을 테니 말일세."

안뜰은 매우 쌀쌀하면서도 약간 눅눅했다. 머리 위 높다란 하늘은 아직 석양빛으로 밝았지만, 주변엔 때 이른 어둠이 뉘엿뉘엿 내리고 있었다. 2층에 있는 창문 세 개 중에서 가운데 있는 창문이 반 정도 열려 있었다. 지킬 박사가 열린 창가에 앉아 비탄에 잠긴 죄수처럼 슬픈 모습으로 바람을 쐬고 있는 모습이 눈에 띄었다. 어터슨이 소리쳤다.

"맙소사, 지킬! 좀 나아졌는가?"

지킬 박사는 쓸쓸하게 대답했다.

"몹시 안 좋아, 어터슨. 그다지 오래 버티진 못할 것 같네."

"그렇게 집 안에만 틀어박혀 있으니 몸이 더 쇠약해지는 거야. 집 밖으로 나오게. 엔필드와 나처럼 산책이라도 하는 거야. 이쪽은 내 사촌 엔필드라네. 엔필드, 저 사람이 지킬 박사일세. 어서 이리 나오게. 모자도 들고 말이야. 우리랑 잠시 산책이나 하세."

"자넨 정말 좋은 사람이야."

지킬 박사는 한숨을 내쉬었다.

"나도 그러고 싶은 마음은 굴뚝같다네. 그렇지만 아니야, 아닐세. 그럴 수가 없어. 그래도 어터슨, 자네 얼굴을 봐서 얼마나 기쁜지 모른다네. 정말 큰 즐거움일세. 자네와 엔필드 씨에게 들어오라고 하고 싶지만 그럴 형편이 아니라서 말일세."

"그렇다면 여기서 이대로 자네와 잠시 이야기를 나누는 것이 최선이로군."

어터슨이 친절하게 말했다.

"막 그렇게 부탁하려던 참이었네."

지킬 박사는 웃으며 대답했다. 그러나 그 말이 채 끝나기도 전에 지킬 박사의 얼굴에서는 웃음이 싹 가시고 비참한 공포와 절망에 찬 표정이 그 자리를 대신했다. 아래 서 있던 두 사람은 온몸의 피가 얼어붙는 것 같았다. 그들이 그 광경을 목격한 것은 일순간이었다. 그 순간 갑자기 창문이 쾅 닫혔다. 그러나 일순간으로도 충분했다. 두 사람은 말없이 몸을 돌려 안뜰을 빠져나왔다. 입을 굳게 다문 채로 뒷골목을 빠져나와 일요일인데도 꽤 붐비고 있는 옆 거리로 나섰을 때에야 마침내 어터슨은 몸을 돌려 엔필드를 바라보았다. 두 사람의 얼굴은 창백했고 눈동자에는 똑같은 공포의 빛이 떠올라 있었다.

"하느님. 맙소사! 하느님, 맙소사!"

어터슨은 중얼거렸다.

엔필드는 심각하게 고개만 끄덕이는 것으로 동의를 표했다. 그리고 다시 입을 다문 채 발걸음을 옮겼다.

최후의 밤

어느 날 저녁 어터슨이 식사를 마치고 난롯가에 앉아 있을 때 뜻밖에도 풀이 찾아왔다.

"이런, 풀, 도대체 어쩐 일인가?"

어터슨은 소리치듯 말하고 다시 찬찬히 풀을 응시했다.

"무슨 일인가? 지킬 박사가 아프기라도 한 건가?"

풀이 대답했다.

"어터슨 씨, 아무래도 뭔가가 이상합니다."

어터슨이 말했다.

"일단 이리로 앉아서 와인 한잔 들게나. 자, 진정하게. 무슨 일인지 솔직하게 말해보게나."

"아시다시피 요즘 박사님은 집 안에만 틀어박혀 지내고 계십니다. 그런데 집 안에서도 연구실 밖으로는 한 걸음도 나오시지 않습니다. 정말 걱정이 됩니다. 어터슨 씨, 저는 정말 두렵습니다."

"이보게 풀, 아무것도 숨기지 말고 말해주게. 도대체 뭐가 두렵다는 말인가?"

"한 주 내내 얼마나 두려웠는지 모릅니다. 이젠 더는 참을 수가 없습니다."

풀은 완고한 태도로 대답을 하지 않으면서 두렵다는 말만을 되풀이했다.

풀의 얼굴 표정은 그의 말을 충분히 대변할 만했고 왠지 모르게 안절부절못하는 태도였다. 처음 두렵다고 말을 꺼낸 순간을 빼면 풀은 어터슨의 얼굴을 쳐다보지도 못하고 있었다. 지금 이 순간에도 그는 입도 대지 않은 포도주잔을 무릎에 올려놓은 채 시선은 방 구석을 향하고 있었다.

"이젠 더는 참을 수가 없습니다."

풀은 똑같은 말을 되풀이했다.

"자, 그럴 만한 이유가 있는 게로군, 풀. 뭔가 크게 잘못된 일이 있는 게 틀림없어. 그게 뭔지 말해주지 않겠나?"

풀이 쉰 목소리로 입을 열었다.

"흉악한 범죄가 일어난 것 같습니다."

어터슨은 깜짝 놀라 외쳤다.

"흉악한 범죄라니? 도대체 무슨 사건이란 말인가? 자네 말이 무슨 뜻이지?"

풀이 대답했다.

"더는 말씀드릴 수가 없습니다, 변호사님. 저와 같이 박사님 댁에 가서 직접 봐주셨으면 합니다."

어터슨은 유일한 답이 될 수 있는 행동을 개시했다. 그는 자리에서 벌떡 일어나 모자와 외투를 집어 들었다. 어터슨은 풀의 얼굴에 나타난 너무나 안도했다는 듯한 표정이나 여전히 한 모금도 마시지 않은 채 그대로 내려놓은 와인잔을 이상하게 여겼다.

3월이라는 계절에 걸맞게 거칠고 추운 날씨였다. 밤하늘에는 창백한 달이 걸려 있었고, 달 저편으로는 바람이 괴롭히기라도 하는 양 투명한 천 같은 구름이 나부꼈다. 이야기를 나누는 것이 어려울 정도로 몰아치는 거센 바람 때문에 얼굴에는 피가 몰려 상기되었다. 그 때문인지 거리에는 인적이 거의 없었다.

어터슨은 런던의 이쪽 거리가 이 정도로 쓸쓸해 보인 적은 없었다는 생각을 했다. 여태껏 살아오면서 이렇게 간절하게 사람이 그리웠던 적은 없었다. 쓸쓸한 생각이 들어서인지 커다란 재앙이 다가오고 있다는 불길한 예감이 어터슨의 마음에서 떠나지 않았다.

지킬 박사의 집 앞 광장에 다다르자 광풍과 먼지가 휘몰아치고 있었고, 정원 난간을 따라 심어놓은 가느다란 나무들은 서로 가지를 맞부딪히고 있었다. 내내 한두 걸음 앞에서 걷던 풀은 보도 한가운데서 발을 멈추더니 살을 에는 것 같은 날씨에도 아랑곳하지 않고 모자를 벗어 붉은 손수건으로 이마를 훔쳤다. 풀이 몹시 서두르긴 했지만 그가 닦아낸 땀은 과도한 운동 때문이 아니라 가슴을 짓누르는 고민 때문이라는 것을 어터슨은 쉽게 짐작할 수 있었다. 그의 창백한 얼굴과 귀에 거슬릴 정도로 더듬거리는 목소리를 들으면 분명히 알 수 있었다.

"변호사님, 마침내 도착했군요. 제발 아무 일 없어야 할 텐데요."

"아멘, 풀."

어터슨도 대답했다.

풀은 매우 조심스러운 태도로 문을 두드렸다. 체인이 걸린 채 문이 열리고 안쪽에서 목소리가 들렸다.

"풀 아저씨세요?"

풀이 말했다.

"괜찮으니 문을 열게."

집 안으로 들어서자 홀에는 불이 환하게 밝혀져 있었다. 불이 활활 타오르는 난롯가에는 남녀노소를 불문하고 모든 하인이 모여 한 무리의 양 떼처럼 몸들을 꼭 붙이고 있었다. 어터슨의 모습을 보자마자 한 하녀는 신경질적으로 울음을 터뜨렸다. 요리사는 비명을 지르듯 외쳤다.

"아, 하느님! 어터슨 변호사님이 와주셨군요."

요리사는 어터슨을 껴안기라도 할 듯이 달려 나왔다.

"이봐, 이봐, 왜들 이러나? 왜 다들 여기 모여 있는 겐가?"

어터슨이 조금 역정이 난 듯 물었다.

"보기가 좋지 않군. 점잖지가 못해. 자네들 주인이 보면 좋아하진 않을 거야."

풀이 말했다.

"모두 겁이 나서 그렇습지요."

완벽한 침묵이 뒤따랐다. 아무도 입을 열려 하지 않았다. 울음을 터뜨렸던 하녀만이 목소리 톤을 높여 큰 소리로 흐느꼈다.

"조용히 하지 못해!"

풀 자신도 신경이 곤두선 듯 하녀를 따끔하게 야단쳤다. 그녀는 목소리를 높여 울기 시작했고 다른 하인들은 모두 공포에 질린 표정으로 몸을 돌려 안쪽 문으로 향했다.

"그리고 너."

풀은 잔심부름을 하는 소년을 가리키며 말을 이었다.

"촛불을 이리 건네다오. 빨리 해치우는 게 좋겠어."

그는 어터슨에게 자기를 따라와달라고 부탁한 다음 뒷마당으로 향하는 길로 인도했다.

"변호사님, 되도록이면 발소리를 내지 않도록 조심해주십시오. 변호사님이 그쪽 기척을 들으셔야지, 그쪽에서 변호사님이 오셨다는 걸 눈치채면 안 되니까요. 그리고 혹시 안에서 들어오라고 하셔도 절대로 들어가시면 안 됩니다."

어떻게 될지 한 치 앞도 내다볼 수 없는 상황에서 어터슨은 신경이 바짝 곤두섰다. 신경과민으로 일어난 경련 때문에 그는 거의 균형을 잃을 뻔했다. 그러나 곧 용기를 그러모아 풀의 뒤를 따라 연구실 건물로 갔다. 두 사람은 나무 상자와 갖가지 병 같은 잡동사니가 굴러다니는 수술실 강당을 지나 계단 발치에 이르렀다. 여기서 풀은 한쪽 끝에 서서 귀를 기울이라는 신호를 보냈다. 그는 촛불을 내려놓고 결의를 다지기라도 하려는 양 엄청난 노력을 기울여 계단을 올라간 다음, 망설이는 듯한 손을 들어 붉은 나사 천으로 된 연구실 문을 두드렸다.

"주인님, 어터슨 씨가 찾아오셨습니다."

그렇게 말하는 와중에도 풀은 열심히 어터슨에게 귀를 기울이라는 신호를 보냈다.

"아무도 만나지 않겠다고 전해주게."

투덜거리는 듯한 목소리가 안에서 대답했다.

"알겠습니다, 주인님."

대답하는 풀의 목소리에선 승리감 같은 것이 느껴졌다. 그는 촛불을 집어 들고 안뜰을 지나 다시 어터슨을 거대한 주방으로 안내했다. 주방 화덕에는 불이 꺼져 있었는데, 그 마룻바닥 위로 딱정벌레들이 껑충껑충 뛰어다니고 있었다.

"변호사님."

풀이 어터슨의 눈을 똑바로 바라보며 말을 꺼냈다.

"저희 주인님의 음성이라고 생각하십니까?"

"많이 변한 것 같더군."

어터슨은 몹시 안색이 창백해졌지만 눈을 돌리지 않고 풀을 마주 보았다. 풀이 말했다.

"변했다고 하셨나요? 예, 그렇습니다. 저도 그런 생각이 듭니다. 주인님을 20년 동안이나 모셔온 제가 주인님 음성을 못 알아들을 리가 있겠습니까? 아뇨, 변호사님. 주인님은 돌아가신 겁니다. 여드레 전에 주인님이 하느님을 부르며 비명을 지르신 일이 있었습지요. 그때 돌아가신 것이 틀림없습니다요. 주인님 대신 저 안에 있는 건 도대체 누구일까요? 그리고 왜 계속 저러고 있는 걸까요? 어터슨 변호사님, 정말이지 귀신이 곡할 노릇 아니겠습니까?"

"정말 이상한 이야기로군, 풀. 정말 얼토당토않군."

손가락을 깨물면서 어터슨이 대답했다.

"음, 자네 추측대로 지킬 박사가 살해당했다손 치더라도, 왜 범인이 저기 머물러 있겠느냐 말인가? 이치에 맞질 않네. 그 이야기는 조리가 없군."

"어터슨 변호사님은 깐깐하신 분이지요. 제가 좀 더 설명을 드리도록 하겠습니다."

풀이 말을 이었다.

"지난주 내내 연구실 안에 있는 저 사람인지 뭔지 모를 존재가 밤낮으로 어떤 약을 구해오라고 소리를 질러댔습니다. 하지만 아직도 그 약을 구하지 못했나 봅니다. 저희 주인님은 가끔 지시 사항이 있으면 쪽지에 써서 계단에 놔두곤 하셨지요. 지난주에는 쪽지를 빼곤 다른 아무것도 없었습니다. 문은 늘 닫혀 있었고 쪽지만 놓여 있었지요. 문 앞에 가져다둔 음식도 아무도 보지 않을 때만 슬쩍 안으로 들여가시곤 했습니다. 변호사님, 매일 두세 번쯤은 새로운 지시사항과 불평을 적은 쪽지가 나와 있었습니다. 저는 주인님 지시에 따라 온 런던의 약국이란 약국은 빠짐없이 돌아다녀야 했습니다.

그런데도 매번 구입한 약을 가지고 돌아올 때마다 불순물이 섞여 있으니 약을 돌려보내라는 지시와, 또 다른 약국을 찾아보라는 지시가 함께 담긴 쪽지가 놓여 있곤 했습니다. 무슨 약인지 몰라도 지독히도 간절하게 원하고 있는 것 같습니다."

어터슨이 물었다.

"그 쪽지를 하나라도 가지고 있는가?"

풀은 주머니 안쪽을 더듬거리더니 꼬깃꼬깃한 쪽지 한 장을 건네주었다. 어터슨은 그 쪽지를 촛불 가까이로 기울여 자세히 조사해보았다. 그 내용은 다음과 같았다.

〈지킬 박사가 모우 약국에 제기하는 불만〉

모우 약국에서 지난번에 보낸 샘플에 불순물이 섞여 있어서 현재 필요한 용도에는 소용이 없습니다. 18××년 저는 모우 약국에서 어떤 약품을 대량으로 사들인 적이 있습니다. 그 약을 꼼꼼하게 찾아봐주시길 부탁합니다. 그리고 만약 같은 품질의 약이 조금이라도 남아 있다면 즉시 저에게 보내주시기 바랍니다. 가격은 얼마가 되든 괜찮습니다. 이 약품이 저에게 얼마나 중요한지는 이루 말로 설명할 수가 없습니다.

여기까지는 침착한 어조로 쓰여 있었지만 말미에 이르자 갑자기 편지를 쓰는 사람의 감정이 폭발한 듯 펜의 흔적이 어지러워졌다. 그리고 "제발 부탁이니 예전 약품을 조금이라도 구해주시기 바랍니다"라는 말을 덧붙이고 있었다.

어터슨은 갑자기 날카롭게 물었다.

"이상한 편지로군. 어째서 봉투가 없는 거지?"

풀이 대답했다.

"모우 약국의 사람이 무척 화를 내더니 마치 쓰레기라도 받은 양 급히 저에게 되돌려주었지요."

"의심할 나위 없이 지킬 박사의 필적이로군. 그렇지 않은가?"

"그런 것 같습니다."

다소 뚱하게 대답한 풀이 갑자기 어조를 바꿨다.

"그렇지만 필적이 문제가 아닙니다요. 그 사람을 제 눈으로 봤다니까요."

"그를 보았다고?"

어터슨은 되물었다.

"정말인가?"

"그렇고 말고요. 바로 이 길에서 보았습니다. 제가 갑작스레 정원에서 이 강의실 쪽으로 들어온 일이 있습니다. 연구실 문이 살짝 열려 있었던 걸 보면 그자는 무슨 약 같은 걸 찾으려고 몰래 나왔던 모양입니다. 강의실 저쪽 끝에서 나무 상자들을 뒤적거리고 있던 그자는 제가 안으로 들어서자 무슨 비명 같은 소리를 지르더니 쏜살같이 2층으로 달아나버리더군요. 그를 본 것은 일순간에 불과했지만 고슴도치처럼 머리카락이 삐죽 곤두서는 느낌이 들었습니다. 변호사님, 만약에 그 사람이 저희 주인님이었다면 왜 복면을 하고 있었을까요? 주인님이었다면 제가 나타났을 때 왜 그런 생쥐 소리 같은 비명을 지르며 달아났을까요? 그렇게 오랫동안이나 주인님을 모셔왔는데, 그런데 왜……."

풀은 말을 잇지 못하고 얼굴을 두 손에 묻었다. 어터슨이 입을 열었다.

"정말 이상한 상황이로군. 그렇지만 이제 알 것 같아. 풀, 자네의 주인은 몹시 고통스럽고 외양이 추하게 변하는 몹쓸 병에 걸린 게야. 그래서 목소리가 변하고 복면을 쓰는가 하면 친구들을 피해왔던 게지. 그래서 불쌍한 그 친구는 어쩌면 치유될 수 있을지도 모른다는 일말의 희망으로 그렇게 이 약을 찾고 싶어 했던 것일 테고. 하느님이 그의 소원을 들어주셨으면 좋으련만. 나는 그런 생각이 드네. 정말 슬픈 일이야, 풀. 상상만 해도 무서운 일이지만 분명하고 당연한 일이군. 앞뒤가 잘 맞아. 터무니없이 불안해하지 않아도 될 것 같네."

"변호사님!"

풀은 얼굴빛이 창백해지면서 말했다.

"그자는 저희 주인님이 아니었습니다. 분명한 사실입니다. 주인님은……."

문득 풀은 주변을 살핀 다음 목소리를 낮춰 속삭였다.

"주인님은 키가 크고 풍채가 좋은 분이십니다. 그런데 그자는 오히려 난쟁이에 가까웠습니다."

어터슨이 입을 열려 하자 "아, 변호사님!" 하고 풀이 목소리를 높였다.

"제가 20년 동안이나 모셔온 주인님을 못 알아보겠습니까? 매일 아침 봐온 분인데 서재 문에 닿은 그자의 키를 보면 모르겠습니까? 아닙니다, 변호사님. 복면을 쓴 그자는 절대로 지킬 박사님이 아닙니다. 그자가 누군지는 모르지만 절대로, 절대로 지킬 박사님은 아닙니다. 저는 그 방에서 살인이 일어났다고 마음속 깊이 확신합니다."

"풀, 자네가 그렇게까지 말한다면 확실히 하는 것이 나의 도리겠군. 자네 주인의 감정을 상하게 하고 싶진 않고 또 이 쪽지가 지킬 박사가 아직 살아 있다는 증거인 것 같아서 몹시 혼란스럽긴 하지만, 이 문을 부수고 들어가보는 것이 옳을 것 같군."

풀이 외쳤다.

"어터슨 변호사님, 그 말씀이 옳습니다!"

어터슨이 대답했다.

"그럼 이제 두 번째 문제가 생기는군. 누가 그 일을 해야 할까?"

"변호사님과 제가 들어가보는 것이 좋지 않을까요?"

풀은 겁내지 않고 말했다.

"좋아, 그렇게 하도록 하지. 무슨 일이 생기더라도 자네에겐 책임이 가지 않도록 하겠네."

"강의실에 도끼가 있습니다."

풀이 말을 이었다.

"변호사님은 거기 있는 부지깽이를 가져가십시오."

어터슨은 투박하고 무거운 부지깽이를 손에 집어 들고 가늠해보 았다.

"풀, 자네도 잘 알고 있겠지만 우리가 지금 가는 곳은 위험할지도 모르네."

풀이 대답했다.

"물론 잘 알고 있습니다."

"좋아, 그렇다면 이제 솔직해지세. 우리 둘 다 여태 마음속으로만 생각할 뿐 꺼내지 않은 말이 있지. 자, 죄다 털어놓아보게. 자네가 본 복면을 한 사람, 누구인지 알아보았겠지?"

"변호사님, 그자가 너무 빨리 달아나버린 데다 몸을 잔뜩 구부리고 있어서 확실치는 않습니다. 그렇지만 변호사님이 하이드 씨를 말씀하시는 것이라면, 예, 그렇습니다. 하이드 씨 같았습니다. 덩치도 비슷하고, 하이드 씨처럼 몸놀림도 빨랐습니다. 그리고 연구실 열쇠를 가진 사람이 달리 누가 있겠습니까? 그 살인 사건이 일어났을 때도 그가 열쇠를 가지고 있었다는 사실을 잊지는 않으셨겠지요? 하지만 그게 다가 아닙니다. 어터슨 변호사님, 혹시 하이드 씨를 만나본 적이 있으신지요?"

"한 번 만난 적이 있지. 그와 이야기를 한 적이 있네."

"그렇다면 변호사님도 잘 알고 계시겠군요. 하이드 씨에게는 뭔가 이상한, 뭔가 사람을 돌아보게 만드는 점이 있지요. 어떻게 말해야 좋을지 모르지만, 그에게는 왠지 모르게 등골을 오싹하게 하고 불쾌하게 만드는 점이 있습니다."

"나도 자네가 말한 것 같은 느낌을 받았다네."

어터슨이 대답했다.

"확실히 그런 느낌이 있습니다. 글쎄요, 복면을 한 그 원숭이 같은 자가 약품들 사이에서 뛰쳐나와 연구실로 뛰어 들어갈 때 제 등에 얼음 같은 냉기가 스쳤습니다. 아, 물론 이런 것은 증거가 될 수 없다는 걸 저도 잘 알고 있습니다. 책에서 많이 보았거든요. 그렇지만, 어터슨 변호사님, 사람은 직관이라는 것을 가지고 있습니다. 제가 본 자는 맹세코 하이드 씨였습니다!"

"아, 아! 나도 자네와 똑같은 두려움을 가지고 있었다네. 악마가, 악마가 분명해. 둘을 맺어주지 않았을까. 아, 나도 자네를 믿고 있네. 가엾은 지킬은 살해되었을 거라는 생각이 드네. 지킬을 죽인 자는 저 방에서 여전히 남의 눈에 띄지 않게 잠복해 있다는 생각이 드는군. 무슨 이유에서인지는 하느님만이 아시겠지. 좋아, 우리가 복수를 하세. 브래드쇼를 부르게."

호출된 마부 브래드쇼는 하얗게 질려서 안절부절못하고 있었다. 어터슨이 말했다.

"브래드쇼, 정신 차리게. 자네들이 불안해하고 있다는 것은 나도 잘 알고 있네. 이제 이런 상황에 종지부를 찍는 거야. 여기 풀과 나는 이제 억지로라도 연구실 안으로 들어갈 작정이네. 연구실 안에 별일이 생긴 것이 아니라면 책임은 모두 내가 지겠네. 그렇지만 정말로 뭔가 잘못되어 있다면 범인이 뒷문으로 달아나지 못하도록 해야 하네. 자네가 하인들과 함께 튼튼한 몽둥이를 들고 연구실 건물의 뒷문을 지키도록 하게. 10분 후에 우리는 안으로 들어가도록 하겠네. 그 10분 안에 맡은 자리로 가서 지키고 있게."

브래드쇼가 나가자 어터슨은 시계를 보았다.

"자 풀, 이제 우리도 맡은 곳으로 가세."

어터슨은 부지깽이를 옆구리에 끼고 앞장서서 안뜰로 나섰다. 구름이 달을 가려 상당히 어두웠다. 휙휙 부는 바람이 건물의 뚫린 공간에 틈새 바람을 몰고 오는 바람에 강의실에 도착할 때까지 두 사람의 앞뒤로 촛불 그림자가 이리저리 일렁거렸다. 그들은 조용히 주저앉아 시간이 되기를 기다렸다. 시내의 소음이 사방에서 들렸다. 하지만 주변은 몹시 조용했고, 고요함을 깨는 것이라곤 연구실 마룻바닥을 이리저리 움직이는 발소리뿐이었다. 풀이 속삭였다.

"변호사님, 저자는 하루 종일 저렇게 서성거리기만 한답니다. 밤에도 계속 저럽니다. 약국에서 새 샘플이 도착했을 때만 약간의 소리가 들릴 뿐이지요. 저자가 쉬지도 못하는 것은 양심의 가책 때문일 겁니다. 저 발자국 하나하나에 유혈이 낭자하겠지요. 좀 더 가까이 가서 귀를 기울여보십시오. 귀에 신경을 집중해보세요. 어터슨 변호사님, 저게 박사님의 발소리라고 생각되십니까?"

발소리는 어떤 리듬을 가지고 가벼우면서도 기묘하게 울렸다. 아주 느릿했다. 정말 헨리 지킬의 묵직한 발소리와는 전혀 달랐다. 어터슨은 한숨을 쉬며 질문을 던졌다.

"또 다른 일은 없었나?"

풀은 고개를 끄덕였다.

"한번은 저자가 흐느끼는 소리를 들었습니다요."

어터슨은 갑자기 두려운 냉기가 엄습하는 것을 느끼며 물었다.

"흐느꼈다고? 어떻게?"

"마치 여자들이나 지옥에 떨어진 영혼처럼 울더군요. 저까지도 눈물이 나올 것 같아서 돌아와버렸습지요."

이제 10분이 다 되어가고 있었다. 풀은 짐을 포장하는 데 쓰는 밀짚 더미 아래에서 도끼를 꺼냈다. 공격을 하기 위해 촛불은 가장 가까운 테이블에 놓아두었다. 두 사람은 숨을 죽인 채, 밤의 고요함 속에서 왔다 갔다 하는 발소리만이 지속적으로 들려오는 연구실로 다가갔다.

어터슨이 큰 소리로 외쳤다.

"지킬! 자네를 꼭 만나야겠네."

그는 잠시 말을 멈추었지만 안에서는 아무런 대답도 들리지 않았다.

"자네에게 경고하는 걸세. 아무래도 의심스러운 일이 있어서 자네를 꼭, 반드시 만나야겠네."

어터슨은 되풀이해서 외쳤다.

"정당한 수단이 안 된다면 반칙이라도 써야겠네. 자네가 동의하지 않는다면 강제로라도 들어가겠어."

"어터슨, 제발 부탁이네."

안에서 목소리가 들려왔다.

"아, 저건 지킬의 목소리가 아니야. 하이드의 목소리야!"

어터슨이 외쳤다.

"풀, 문을 부수게!"

풀은 어깨 위로 도끼를 휙 들어 올렸다. 한번 내리치자 건물 전체가 흔들렸다. 붉은 천으로 싸인 문은 자물쇠와 경첩에 걸려 튀어 올랐다. 연구실 안에서는 공포에 질린 짐승 같은 무서운 비명이 울려 퍼졌다. 다시 한번 도끼가 내리쳐졌다. 널빤지가 부서지고 다시 문틀이 튀어 올랐다. 도끼를 네 번이나 내리쳤지만, 나무는 단단하고 탁월한 장인의 솜씨로 된 부속품은 여전히 튼튼했다. 다섯 번째 도끼질을 하고서야 자물쇠가 깨지고 문짝 잔해가 방 안쪽 카펫으로 떨어졌다.

자기들이 벌인 소란에 뒤이어 정적이 찾아들자 간담이 서늘해진 두 사람은 뒤로 조금 물러나 방 안을 자세히 들여다보았다. 고요하게 타오르는 램프 불빛 아래 연구실 모습이 드러났다. 난로에서는 불이 활활 타오르고, 주전자에서는 물 끓는 소리가 조그맣게 들렸다. 서랍 한두 개가 열려 있었지만, 책상에는 문서들이 가지런히 놓여 있었고, 난롯가에는 차를 마실 준비가 되어 있었다. 약품들로 가득 찬, 유리를 끼운 서랍장들만 아니면 그날 밤 런던에서 가장 고요한 방, 가장 평범한 장소라고 말할 수 있을 것이다.

방 한가운데에는 고통으로 일그러진 채 아직 꿈틀거리고 있는 남자의 몸이 쓰러져 있었다. 두 사람이 발소리를 죽이고 조심스럽게 다가가서 그 몸을 바로 누이고 보니 에드워드 하이드의 얼굴이 드러났다. 그는 너무 큰, 너무 커서 지킬 박사의 체구에나 맞을 법한 옷을 걸치고 있었다. 그의 얼굴 조직은 살아 있는 사람처럼 아직 움직이고 있었지만 숨은 이미 끊어져 있었다. 손에 들려 있는 깨진 유리병과 공기 중에 떠도는 강한 냄새로 보아 어터슨은 눈앞에 있는 남자가 자살한 것임을 알 수 있었다.

"너무 늦었군."

어터슨은 딱딱하게 말했다.

"구하기에도, 벌을 주기에도 너무 늦었어. 하이드는 죽었네. 그렇다면 자네 주인의 시체를 찾는 일만 남았군."

그 건물은 위에서 빛이 들어오게 되어 있는 1층 대부분을 차지하는 강의실과 안뜰을 내려다볼 수 있는 2층 한쪽 끝에 있는 연구실로 되어 있었다. 강의실 옆에 붙은 복도는 뒷골목에 면한 문으로 향하는 것이었다. 이 복도를 통해서도 남의 눈에 띄지 않고 연구실로 오르는 두 번째 계단에 갈 수 있게끔 되어 있었다. 그 외에도 몇 개의 어둠침침한 작은 방들과 커다란 창고가 한 개 있었다.

두 사람은 모든 곳을 샅샅이 조사했다. 각 방은 모두 텅 비어 있었기 때문에 한번 흘깃 보는 것만으로도 충분했다. 문을 열자마자 떨어지는 먼지 더미들을 보면 오랫동안 문이 열린 적이 없었다는 것이 분명해졌다. 창고는 무척 어지러운 잡동사니들로 가득 차 있었다. 대부분은 지킬에 앞서 이 집을 소유했던 외과 의사가 쓰던 물건들이었다. 그들은 수년 동안 입구에 집을 짓고 산 거미줄 더미가 폭삭 떨어져 내려 더 조사할 필요가 없다고 쓰여 있는 듯한 문마저 열어보았다. 풀은 복도에 깔린 돌 위로 발을 굴려보았다. 그는 발을 굴릴 때 나는 소리에 귀를 기울이며 말했다.

"여기 파묻었을지도 모릅니다."

"어쩌면 피신할 수 있었는지도 모르지."

어터슨은 몸을 돌려 뒷골목으로 면한 문을 자세히 조사했다. 문은 잠겨 있었다. 문 근처 돌바닥에 떨어져 있는 이미 녹이 슨 열쇠가 눈에 띄었다.

"쓸 수 없는 열쇠 같은데."

어터슨은 열쇠를 관찰했다.

풀이 그 말을 받아서 말했다.

"변호사님, 이 열쇠는 부러져 있어요. 사람이 마구 짓밟은 것처럼 보이는데요."

어터슨이 말을 이었다.

"아! 그리고 망가진 부분까지 녹슬어버렸군."

두 사람은 공연히 두려워져서 얼굴을 마주 보았다.

"도저히 알 수가 없군. 풀, 연구실로 돌아가보세나."

그들은 침묵에 잠겨 연구실로 통하는 계단을 올랐다. 그리고 여전히 두려워하는 시선으로 가끔 시체를 곁눈질하며 연구실 안에 있는 물건들을 샅샅이 조사했다. 테이블 위에는 화학 실험을 한 흔적이 남아 있었다. 갖가지로 분량을 잰 하얀 소금 결정 덩어리가 담긴 유리 접시들이 놓여 있는 것을 보면 이 불행한 사나이는 여러 가지 실험을 해보았지만 뜻을 이루지 못했던 것 같았다.

"저건 제가 매번 사 오곤 했던 바로 그 약이로군요."

그 와중에도 주전자는 쉭쉭 소리를 내며 끓어오르고 있었다.

주전자의 물소리를 듣고 두 사람은 난롯가로 갔다. 아늑한 안락의자가 불가로 끌어당겨져 있었고 차를 마실 요량이었던 듯 팔걸이 근처의 찻잔에는 설탕까지 들어 있었다. 선반에는 책이 여러 권 꽂혀 있었는데, 그중 한 권이 찻잔 곁에 펼쳐진 채로 놓여 있었다. 어터슨은 그 책을 들여다보고 깜짝 놀랐다. 지킬이 아주 높이 평가하던 신학책이었는데, 여백에는 두려울 정도로 신을 모독하는 글귀가 지킬의 필적으로 빽빽하게 씌어 있었다.

방을 계속 조사하던 두 사람은 커다란 전신 거울 앞까지 이르렀다. 거울은 끝 모를 깊은 무의식적인 공포를 담고 있는 것 같았다. 하지만 거울에 반사되는 영상은 지붕에 비치는 붉은빛과 유리 서랍장 앞면에 반사되는 난롯불, 그리고 창백하고 공포에 질린 표정으로 구부정하게 거울을 들여다보고 있는 두 사람이 다였다. 풀이 속삭였다.

"이 거울은 이 방에서 일어난 이상한 일들을 다 보았겠지요, 변호사님?"

어터슨도 속삭이는 듯한 목소리로 말했다.

"그보다 거울 자체가 더 이상한걸. 지킬은 무엇 때문에……."

어터슨은 움찔하면서 입을 다물었다가 두려움을 극복하려는 듯 다시 말을 이었다.

"지킬은 이렇게 큰 거울로 무엇을 할 생각이었던 걸까?"

"그러게 말입니다."

풀이 대꾸했다.

거울에서 비켜난 두 사람은 사무용 책상으로 몸을 돌렸다. 책상 위에는 여러 가지 서류가 잘 정리되어 있었고 그 맨 위에는 지킬 박사의 필적으로 어터슨의 이름이 적힌 커다란 봉투가 놓여 있었다. 어터슨이 봉투를 개봉하자 그 안에 들어 있던 여러 개의 봉투들이 마룻바닥으로 쏟아졌다. 첫 번째 봉투는 유언장이었다. 지킬 박사가 사망했을 경우 유언장이 되고, 실종되었을 경우 재산을 처분할 수 있는 증서였는데, 어터슨이 6개월 전에 지킬에게 돌려주었던 것과 같은 이상한 구절이 여전히 들어 있었다. 그러나 놀랍게도 이번에는 에드워드 하이드의 이름이 있던 자리에 가브리엘 존 어터슨의 이름이 대신 들어가 있었다. 어터슨은 어안이 벙벙해서 풀을 한번 쳐다보고는 다시 서류로, 그리고 마지막으로는 카펫 위에 늘어져 있는 범인의 시체로 눈을 돌렸다. 어터슨이 입을 열었다.

"머리가 빙글빙글 도는군. 요 며칠 동안 이 방을 점령하고 있었던 것은 바로 하이드였어. 그가 나를 좋아할 리가 없으니 유언장을 내 앞으로 바꾸어놓은 것을 보고 미친 듯이 화를 냈을 텐데. 그런데도 이 서류를 그냥 놔두다니."

어터슨은 다음 종이를 집어 들었다. 지킬 박사가 직접 쓴 간단한 메모로, 어터슨은 맨 위에 쓰인 날짜를 보고 외쳤다.

"오, 풀! 이것 좀 보게. 지킬 박사는 오늘 아침까지도 살아 있었어. 그렇게 짧은 시간에 지킬을 죽이고 시체 처리까지 할 수는 없어. 반드시 살아 있을 거야. 분명히 어딘가로 피신을 한 거야! 그렇다면 왜 피신했을까? 어떻게 도망을 갈 수 있었던 거지? 그가 어딘가로 피신을 한 것이라면, 위험하긴 하겠지만 이 사건을 자살이라고 신고해야 할 텐데. 오, 신중하게 처리해야 돼. 자네 주인이 무시무시한 파국을 맞게 될 수도 있다는 생각이 드는군."

풀이 말했다.

"변호사님, 그 메모를 읽어보시지요."

어터슨은 진지하게 대답했다.

"두려워서 망설여지네, 풀. 제발 아무 일도 없었으면!"

그는 마침내 편지를 눈앞에 들고 읽기 시작했다.

　친애하는 어터슨,

　자네가 이 편지를 읽게 될 때쯤이면 나는 행방이 묘연해졌을 것이네. 앞일을 예측할 만한 통찰력은 없지만 내가 처한 이루 말할 수 없이 끔찍한 상황과 내 본능은 종말이 가까워졌다고, 확실하다고 말하고 있네. 이제 라니언이 남긴 글을 먼저 읽어보게. 자네에게 그런 기록을 남길 것이라고 그가 나에게 통고한 적이 있네. 그리고 더 자세한 내막을 알고 싶거든 자네의 존경할 가치도 없는 불행한 친구의 고백을 읽어주게.

　　　　　　　　　　　　　　　　　　　　헨리 지킬

어터슨이 물었다.

"세 번째 봉투가 있나?"

90

"여기 있습니다, 변호사님."

풀은 여러 군데를 단단하게 봉한 상당히 두꺼운 봉투를 어터슨의 손에 건네주었다.

어터슨은 그 봉투를 주머니에 넣었다.

"나는 이 서류에 대해 아무에게도 말하지 않을 작정일세. 자네 주인이 피신을 했든 죽었든 간에 우리는 적어도 그의 명예는 지켜주어야 할 걸세. 지금 10시로군. 이제부터 집으로 가서 이 서류들을 조용히 읽어보도록 하겠네. 그렇지만 자정까지는 돌아올 테니 그때 가서 경찰을 부르기로 하세."

그들은 연구실 건물 밖으로 나가 등 뒤로 강의실 문을 잠갔다. 어터슨은 여전히 난롯가에 하인들이 모여 있는 홀을 나와 이 수수께끼를 설명해줄 두 통의 편지를 읽기 위해 그의 사무실로 터벅터벅 발걸음을 옮겼다.

라니언 박사의 이야기

　1월 9일, 그러니까 지금으로부터 나흘 전 저녁 무렵에 나는 동료이자 학창 시절의 옛 친구인 헨리 지킬이 보낸 등기우편 한 통을 받았다네. 편지를 받고 상당히 놀랐지. 이전에는 이런 식으로 교신을 한 적이 없었거든. 사실 바로 그 전날 저녁에도 지킬 박사를 만나 함께 저녁 식사를 했기 때문에 새삼스럽게 우리 사이에 이런 식으로 딱딱하게 전할 용무가 무엇인지 짐작도 할 수 없었네. 내용을 보자 궁금증은 더해만 갔지. 편지 내용은 이랬네.

　친애하는 라니언,
　자네는 나의 가장 오랜 친구들 중 하나지. 비록 학문적인 문제에 대해서는 우리의 관점이 달랐지만, 적어도 내 편에서는, 우리의 우정에 금이 간 적이 한 번도 없었다네. 만약 자네가 "지킬, 내 목숨과 명예와 이성이 모두 자네 손에 달려 있네"라고 했다면 자네를 위해서 왼팔이라도 잘라줬을 걸세. 라니언, 내 목숨과 명예와 이성이 모두 자네의 자비에 달려 있네. 만약 오늘 밤에 자네가 내 부탁을 들어주지 못한다면 나는 이 세상에서 사라지게 될 걸세. 서두가 이렇게 거창하니 자네는 내가 뭔가 불명예스러운 일을 부탁하려 한다고 생각하겠지. 판단은 자네가 내리게.

오늘 밤에 잡힌 모든 약속을 뒤로 미루어주게. 설사 황제를 배알해야 할 일이 있더라도 말이야. 그리고 자네 마차를 지금 당장 대령시킬 수 없다면 거리에 굴러다니는 승객용 마차를 타고서라도 곧장 내 집으로 가주게. 참고해야 하니 이 편지를 가지고 가는 편이 좋겠지. 집사인 풀에게도 지시를 내려두었네.

자네가 도착하면 풀이 열쇠공을 대동하고 기다리고 있을 걸세. 그러면 내 방의 문을 억지로라도 열게. 방 안에는 자네 혼자만 들어가야 하네. 안으로 들어가면 왼쪽에 E라는 표지가 붙어 있는 유리를 끼운 서랍장이 있네. 위로부터 네 번째나 바닥으로부터 세 번째 서랍(같은 서랍이네)을 내용물이 들어 있는 그 상태 그대로 고스란히 꺼내게. 잠겨 있다면 자물쇠를 부숴도 좋아.

지금은 내가 너무나 고통스러운 상태라서 혹시 자네에게 잘못 가르쳐줬으면 어쩌나 하는 무시무시한 공포에 휩싸여 있다네. 하지만 만약 내가 잘못 알고 있다고 해도 자네가 내용물을 보면 알 수 있을 거야. 그 서랍이 맞다면 약간의 가루와 약병, 그리고 표지가 종이로 되어 있는 노트가 한 권 들어 있을 걸세. 제발 부탁이니 그 서랍을 그 상태 그대로 고스란히 캐번디시 광장의 자네 집에 가져다 두게.

여기까지가 첫 번째 부탁이야. 이제 두 번째 부탁을 말하겠네.

자네가 이 편지를 받은 즉시 행동을 취했다면 자정이 되기 오래 전에 다시 집에 도착해 있을 걸세. 자정이 되면 진찰실에 자네 혼자만 남아 있어주게. 그 정도 시간 여유는 있어야겠지. 불가피하거나 예기치 못한 사건이 일어나 시간이 지연될까 불안하기도 하지만 또 다른 이유는 자네의 하인들이 모두 잠자리에 든 시간이어야 하기 때문이네. 내 이름을 대고 나타나는 남자가 있거든 자네가 직접 그를 맞아들여주게. 그런 다음 그에게 자네가 내 방에서 가져온 그 서랍을 건네주게. 거기까지면 자네는 내 부탁을 충실히 이행한 걸세. 나는 진정으로 고마워할 걸세.

자네가 굳이 설명을 들어야겠다면 5분만 기다리게. 그러면 왜 이 일이 그렇게 중요한지 이해하게 될 걸세. 내가 부탁한 것들이 이상하게 보이겠지. 그렇지만 자네가 하나라도 어긴다면 내 죽음이나 내 명예의 파멸에 대해 양심의 가책을 느끼게 될 걸세.

자네가 내 간청을 대수롭지 않게 무시해버리진 않을 거라고 믿네. 그러나 만의 하나 그럴 가능성이 있다는 생각만으로도 가슴이 철렁 내려앉고 손이 떨린다네. 바로 지금 이 시간 낯선 장소에서 지독한 괴로움에 시달리고 있을 나를 생각해주게. 그렇지만 자네가 내 부탁을 그대로 들어주기만 한다면 내 모든 괴로움은 이미 끝난

이야기처럼 완전히 사라져버릴걸세. 친애하는 라니언, 제발 내 부탁을 들어주게. 자네의 친구를 구해주게.

자네의 친구, H. J.

*추신: 이 편지를 쓰자마자 다른 걱정이 떠오르는군. 우체국에서 제시간에 배달을 하지 못하면 자네가 내일 아침에야 편지를 받아 보게 될 가능성도 있군. 친애하는 라니언, 그러면 내일 중 자네가 시간이 날 때 내 부탁을 들어주게. 그리고 다시 자정에 찾아갈 내 심부름꾼을 기다려주게. 내일은 너무 늦을지도 모르지. 그리고 만약 내일 밤에 아무도 찾아오는 사람이 없다면 헨리 지킬이 이미 죽었다고 생각하게나.

편지를 읽고 무슨 생각이 들었겠나. 지킬이 제정신이 아니라고 확신했지. 하지만 확증이 없으니 일단은 그의 부탁을 들어주어야 한다는 생각이 들었네. 편지 내용은 횡설수설이었지만 나는 아무것도 아는 것이 없으니 그 중요성을 판단할 수가 없었네. 게다가 그렇게 간절한 부탁을 제쳐둘 수가 없었지.

나는 지킬이 말한 대로 곧바로 일어나 마차를 타고 지킬의 집으로 갔네. 집사가 나를 기다리고 있더군. 그도 같은 우체국에서 부친 등기우편으로 지시를 받고 즉시 열쇠공과 목수를 부르러 보냈더군. 그들이 도착하기를 기다리며 집사와 잠시 이야기를 나눈 다음 지킬의 연구실로 가장 쉽게 들어갈 수 있는 덴먼 박사의 수술실이 있던 곳으로 갔지. 문은 아주 단단하고 자물쇠는 튼튼했네. 목수는 억지로 열려고 들면 무척 힘들고 문이 많이 망가질 것이라고 털어놓더군. 열쇠공은 거의 절망적이라고 했고. 그렇지만 다행히 열쇠공의 손재주가 좋아서 두 시간가량 애를 쓰자 마침내 문이 열렸네.

E라는 표지가 붙어 있는 서랍장은 잠겨 있지 않았지. 나는 서랍을 꺼내서 밀짚으로 빈 곳을 메운 다음 시트로 싸서 캐번디시 광장으로 돌아왔네.

집에 도착한 다음 나는 서랍의 내용물을 살펴보았네. 가루약은 깔끔하게 정리되어 있었지만 약사의 정밀한 포장 솜씨가 아닌 것을 보니 지킬이 직접 만든 것이 분명했지. 하나를 꺼내서 열어보니 흰색의 소금 결정 같은 것이 들어 있더군. 다음으로 유리병을 살펴보았네. 병에는 피처럼 붉은 색깔의 액체가 반쯤 차 있었는데, 코를 찌르는 자극적인 냄새가 나는 데다가 내가 보기에는 인과 휘발성 에테르가 들어 있는 것 같더군.

노트는 도무지 어떤 물건인지 짐작도 할 수 없었네. 그냥 평범한 공책이었는데 일련의 날짜 빼고는 기록되어 있는 것이 거의 없었지. 기록은 수년에 걸쳐 계속되었는데 한 1년 전쯤에서 갑자기 날짜가 끊겨 있었네. 날짜 아래에는 여기저기 간단한 말이 들어가 있었는데 거의가 '두 배'라는 단어였다네. 전체 다 하면 수백 개나 되는 목록에서 여섯 번쯤 나왔어. 첫 부분에는 감탄사가 여러 개 붙은 '완전히 실패!!!' 같은 내용도 기입되어 있었지.

모든 것이 호기심을 자극하긴 했지만 거기서 알아낼 수 있는 사실이라곤 거의 아무것도 없었어. 팅크제 같은 것이 들어 있는 유리병과 종이에 싼 소금, 일련의 실험 기록 같은 것만 보고는 (지킬이 하는 연구의 대부분이 그렇듯이) 뭐가 뭔지 당최 알 수가 없었지. 지금 내 집에 와 있는 이런 물건들이 도대체 어떻게 제정신이 아닌 듯한 지킬의 명예나 온전한 정신, 아니면 생명을 좌우할 수가 있단 말인가? 심부름꾼을 보낼 수 있는 처지라면 왜 지킬이 직접 움직이지는 못하는 걸까? 그리고 설사 그럴 만한 사정이 있다고 해도 왜 지킬의 심부름꾼을 비밀리에 만나야 하는 걸까?

생각을 거듭하면 할수록 나는 지킬이 미친 것이 틀림없다고 확신하게 되었네. 그래서 하인을 물리면서도 낡은 권총에 장전을 해두었지. 나 자신을 방어해야 할 경우가 생길지도 몰랐으니까.

런던에 자정을 알리는 종이 울리자마자 조그맣게 문을 두드리는 소리가 들렸네. 나는 직접 현관으로 나가보았지. 몸집이 조그만 남자가 현관 기둥에 기대어 웅크리고 있더군. 나는 물어봤지.

"지킬 박사가 보낸 사람이오?"

"예, 그렇습니다요."

그는 거북한 듯이 대답했어. 내가 안으로 들어오라고 하자 그는 두려워하며 뭔가를 찾기라도 하는 듯이 어둠에 싸인 광장을 돌아본 다음에야 내 말을 따르더군. 그리 멀리 떨어지지 않은 곳에서 경찰관 한 명이 휴대용 램프를 들고 다가오고 있었어. 그 남자는 경찰관을 보자 흠칫 놀라더니 서둘러 집 안으로 들어왔네.

이런 광경을 보자 기분이 매우 언짢아졌다는 사실을 고백해야겠군. 그리고 밝게 불을 밝혀둔 내 진찰실로 돌아오면서 권총에 손을 대고 언제라도 쏠 수 있도록 준비를 하고 있었지. 진찰실에 도착하자 마침내 그의 얼굴을 분명하게 볼 수 있었네. 그전에는 뚜렷이 보지 못했거든.

아까 말했지만 몸집은 조그맣더군. 내가 놀란 이유는 그의 얼굴에 떠올라 있는 소름 끼치는 표정과 놀라울 정도로 유연하게 움직이는 근육과 쇠약한 체격이 기묘하게 섞여 있었다는 점, 마지막으로 그가 자아내는 이상할 정도로 기분 나쁜 불안함 때문이었네.

오한이 드는 발작 초기 증상과 유사한 느낌도 받았는데 곧 맥박도 두드러지게 쇠약해지는 것을 느낄 수 있었다네. 그 당시에는 그런 증상이 나의 특이체질로 생긴 개인적인 불쾌감 때문이라고 생각했기 때문에 그저 증상이 이상할 정도로 심하다고 여겼지. 그러나 그때 이래로 그 원인이 인간성의 더 깊은 곳에 놓여 있다고, 그리고 그 원인이 증오라는 감정보다 훨씬 고결한 영혼의 중심에 놓여 있다고 믿게 될 만한 까닭이 있었다네.

(처음 들어왔을 때부터 구역질 난다는 생각밖에 들지 않았던) 그 남자는 보통 사람이라면 비웃음을 살 만한 옷차림을 하고 있었네. 옷감은 값비싸고 점잖은 것이었지만 어떻게 봐도 그에게는 너무 큰 옷이었거든. 바짓단은 땅에 닿지 않도록 둘둘 말아 올렸고 코트는 허리선이 허벅지 부분까지 내려온 데다 칼라는 볼품없이 어깨까지 넓게 벌려져 있었지.

이상하게 들리겠지만 나는 그렇게 우스꽝스러운 옷차림을 보고도 웃음이 나오지 않았네. 오히려 내가 마주하고 있던 그 남자에게는 본질적으로 (불쾌감을 일으키는 압박감처럼) 뭔가 이상하고 잘못되었다는 느낌이 있었기 때문에 그런 불균형이 어울리고 더욱 잘 맞는 것처럼 보였지. 그래서였는지 그 남자의 성격과 특질이 흥미로워졌고 그의 가문과 삶, 그리고 재산과 세상에서 차지하고 있는 위치 같은 것들이 더 궁금해졌네.

이렇게 길게 쓰긴 했지만 사실 이런 관찰에는 몇 초도 안 걸렸다네. 그는 확실히 위험스러울 정도로 흥분해 있었지.

"그걸 가져오셨습니까? 가져오셨냐고요?"

그가 소리를 지르다시피 말했네. 조급함으로 참을 수 없었던지 내 팔을 잡고 나를 흔들려고까지 했지.

그가 내 몸에 손을 대자 얼음처럼 섬뜩한 느낌이 혈관을 따라 흐르는 것 같아서 급히 뿌리쳤지. 나는 입을 열었네.

"이봐요. 우리가 일면식도 없다는 사실을 잊으신 것 같소. 일단 거기 좀 앉으시오."

그리고 내가 먼저 늘 앉던 자리에 앉아 환자를 대하듯이 일상적인 태도로 대하는 척했지. 늦은 시간인 데다 그 사내에 대한 공포 때문에 용기를 내기가 무척 어려웠어.

"죄송합니다, 라니언 박사님."

그가 충분히 공손한 태도로 대답하더군.

"지당하신 말씀입니다. 조급한 마음이 들어서 그만 결례를 범했습니다. 박사님의 친구이신 헨리 지킬 박사의 지시를 받고 중요한 용건으로 찾아오게 되었습니다. 제가 알기로는……."

그는 갑자기 말을 멈추고 목에 손을 대더군. 침착한 태도를 보이려고 애쓰긴 했지만 흥분성 발작을 억누르려고 애쓰는 것을 알아차릴 수 있었네.

"제가 알기로는…… 서랍을……."

그가 조마조마해하는 모습을 보자 불쌍한 마음이 들었네. 어쩌면 내 호기심 때문일 수도 있지만.

"저기 있소."

나는 서랍을 가리키며 말해주었지. 서랍은 탁자 뒤의 마룻바닥에 두었는데, 아직 시트로 싸인 채였어.

그는 자리에서 벌떡 일어났지만 갑자기 멈칫하더니 가슴으로 손을 가져갔네. 턱이 경련을 일으켰는지 으드득 이가 갈리는 소리가 나더군. 눈뜨고 지켜보기에는 너무 무시무시한 얼굴이어서 그가 죽거나 미쳐버리는 것은 아닌지 걱정이 되기 시작했네.

"진정하시오."

그는 나에게 끔찍한 표정으로 웃어 보이더니 절망에서 나온 결단력을 발휘했는지 서랍을 싼 시트를 잡아 뜯었네. 내용물을 확인한 그는 퍽이나 마음이 놓였던지 큰 소리로 흐느껴 울었네. 나는 그만 깜짝 놀랐지. 다음 순간 그는 이미 상당히 통제력을 회복한 목소리로 묻더군.

"눈금이 있는 유리컵을 갖고 계십니까?"

나는 기력을 모아 앉았던 자리에서 일어나 그가 부탁한 것을 갖다주었지.

그는 얼굴에 웃음을 띠며 고개를 끄덕여 감사를 표한 다음 붉은 팅크 액체 약간과 가루약 한 봉을 섞더군. 처음에는 붉은 빛을 띠고 있던 혼합물은 결정이 녹기 시작하자 이내 밝은 색으로 바뀌며 부글부글 끓어오르더니 약간의 수증기를 내뿜었다네. 그러더니 갑자기 용솟음이 멈추고 혼합물이 어두운 자주색으로 바뀌었다가 다시금 서서히 연한 초록색이 되더군. 조바심이 난 눈으로 이 변형 과정을 지켜보던 그는 슬쩍 웃더니 테이블에 유리컵을 내려놓고 내게로 몸을 돌려 뚫어져라 응시했네.

"자 이제, 남아 있는 문제를 처리해야겠군."

여기서 그의 말투가 갑자기 변했네.

"알고 싶지 않은가? 가르쳐줄까? 내 손 안의 이 컵을 마셔버리고 아무런 설명도 해주지 않은 채로 나가버려도 참을 수 있겠나? 호기심이라는 욕구가 자네를 지배하고 있지 않단 말인가? 자네의 결정을 그대로 따를 테니 대답을 하기 전에 신중히 생각해보게. 자네의 판단 여하에 따라 자넨 예전과 다름없이 그대로 남아 있을 수도 있네. 어제보다 더 현명해지거나 더 큰 지식을 얻진 못하겠지만, 죽을 정도로 괴로워하는 사람에게 도움의 손길을 내밀었다는 것도 자네에게 영혼의 자양분이 되어주겠지. 아니면 자네의 선택에 따라 새로운 지식의 영역이 자네 앞에 펼쳐지고, 명성과 권력을 거머쥐게 해주는 탄탄대로가 열릴 수도 있다네. 지금 이 순간, 바로 이 방 안에서. 악마 같이 신앙을 거부해 마음을 동요시킬 괴물을 자네 눈으로 직접 볼 수도 있네."

"이보시오."

나는 손톱만큼도 남아 있지 않은 냉정을 가장하며 말했네.

"수수께끼 같은 댁의 말이 터무니없게 들린다는 걸 고백하겠소. 그렇지만 결말을 보지 않고 멈추기에는 나도 이 수상쩍은 일에 너무 많이 개입했다는 생각이 드는군."

"알겠네. 라니언, 지금부터 일어나는 일은 직업상 비밀로 절대 아무에게도 말하지 않겠다고 맹세해주게. 자네야말로 자네보다 똑똑한 사람을 비웃으면서 초월적인 약의 효험을 부정해왔던 편협하고 물질적인 시각을 가진 사람이니, 이제 두 눈을 크게 뜨고 똑똑히 보게나!"

그는 유리컵을 입에 대더니 단숨에 들이켜버렸네. 고통스러운 비명이 뒤를 이었지. 그는 비틀거리면서 휘청휘청하다가 테이블을 꽉 붙잡더군. 충혈된 눈으로는 앞을 똑바로 노려보고 벌린 입으로는 숨을 몰아쉬었지. 그리고 내 눈앞에서 변화가 일어났네. 그의 몸이 부풀어오르고, 그의 얼굴빛이 갑자기 시커멓게 변하면서 그 형상이 녹아들어가더니 모습이 바뀌기 시작했네. 그 순간 나는 앉아 있던 자리에서 벌떡 일어나 벽을 향해 뒷걸음질쳤지. 괴물이 다가오지 못하도록 팔을 들어 올리고 있었지만 내 마음은 이미 지독한 공포에 휩싸여 있었네.

"오 하느님!" 하고 나는 몇 번이나 되풀이해서 비명을 질렀네. 그런데 죽다 살아난 사람처럼 반쯤 기절 상태에서 손으로 앞을 더듬으며 창백하고 고뇌에 빠진 얼굴로 헨리 지킬이 내 눈앞에 서 있는 게 아닌가!

다음 한 시간 동안 지킬이 들려준 이야기는 기록할 마음이 들지 않는다네. 내 눈으로 직접 목격하고 내 귀로 직접 들었기 때문에 내 영혼은 병이 들었네. 그런데도 그 광경이 내 눈앞에서 사라지자 나는 내가 그걸 진정으로 믿고 있는지 자꾸만 자문하게 되네. 나는 대답을 할 수가 없어. 내 삶은 뿌리부터 완전히 흔들렸고, 더는 잠을 잘 수가 없었네. 밤낮을 가리지 않고 무시무시한 공포감이 엄습해 나를 가만히 내버려두질 않네. 이제 내 삶이 얼마 남지 않았다는 것을 느낄 수 있네. 나는 곧 죽고 말 거야. 의심에 빠져서 죽게 되겠지. 지킬이 나에게 드러낸 타락한 행위는 아무리 참회의 눈물을 흘려도 두려움 없이는 떠올릴 수가 없네.

어터슨, 나는 한 가지밖에 말할 수 없네. 그 자체로도 충분하고도 남지. (자네가 믿을 수만 있다면 말이야.) 지킬이 고백하기를, 그날 밤 내 집으로 몰래 들어왔던 사람은 온 나라 구석구석에서 수배를 받고 있는 하이드, 바로 커루 살인 사건의 범인이었다네.

헤이스티 라니언

헨리 지킬 최후의 진술

나는 18××년 부유한 가문에 태어났다. 조상에게 물려받은 부유함 외에도 천부적으로 근면한 성격과 또래 중에서도 현명함과 선량함을 유난히 존경하는 기질을 타고난 나에게는 누구나 예측하듯이 명예롭고 훌륭한 미래가 보장되어 있었다.

나의 결점 중에서도 가장 나쁜 점은 쾌락을 추구하고 싶은 욕구를 참지 못한다는 것이었다. 세상에는 그럼에도 불구하고 행복하게 사는 사람들도 많을 것이다. 그러나 나로서는 내 정신을 고결하게 유지하고 사람들 앞에서 위엄 있는 냉정함을 유지하고 싶은 오만한 성격과 그런 욕구를 조화시키기가 너무 어려웠다. 그래서 나는 다른 사람들 몰래 쾌락에 빠져들게 되었다. 그 결과 내가 과거를 뒤돌아볼 만한 나이가 되어 내 주변을 돌아보고, 내가 가진 부와 사회적

지위를 평가하게 되었을 때 나는 이미 이중생활에 깊숙이 빠져 있었다.

내가 저지른 난잡한 생활 같은 죄악을 자랑스럽게 떠벌리는 사람도 많을 것이다. 그러나 스스로 설정한 높은 이상 때문에 지독한 수치심에 사로잡힌 나는 그런 비밀들을 숨기고 있었다. 현재의 나를 만든 것은 내 결점 때문에 일어난 퇴보가 아니라, 오히려 가차 없이 엄격한 나의 향상심이었다. 나에게는 인간의 이중적인 성격을 나누고 화해시키는 선과 악의 영역 사이에 대부분의 사람들보다 훨씬 깊은 골이 파여 있었고 그 구별이 엄격했다.

이런 배경으로 나는 종교의 근간에 놓여 사람들을 괴롭히는 고뇌의 원천이 되는 삶의 가혹한 규칙에 따라 과거를 깊이 반성해야 할 처지에 내몰렸다. 나는 비록 이중생활을 깊이 영위하고 있긴 했지만 위선자는 아니었다. 나의 양면은 모두 똑같이 정직했다. 자제심을 벗어던지고 수치스러운 일에 빠져들 때도, 밝은 햇빛 아래 학문을 연구할 때나 슬픔에 빠진 어려운 사람들을 도울 때와 마찬가지로 나는 최선을 다했다.

그런데 전적으로 통찰력과 초월적인 목표를 향해 매진하고 있던 내 학문의 방향이 어느 날 우연히 내 안의 선과 악 사이에서 지속적으로 일어나고 있던 다툼에 반응을 일으키게 되었고, 목표가 더욱 뚜렷해졌다. 그때부터 날마다 나는 도덕과 지성이라는 양쪽 측면 모두에서 내가 진리에 점점 더 가까워지고 있다고 믿었다. 내가 끔찍한 파멸이라는 운명을 맞게 된 것은 그 연구의 와중에 발견한 부분적인 사실, 즉 인간은 본래 하나의 존재가 아니라 두 개의 존재라는 믿음 때문이었다.

나는 여기서 인간이 두 개의 존재로 이루어져 있다는 점을 강조하고자 한다. 내 학문은 그 지점에서 출발하기 때문이다. 나에게 동조해서 같은 노선을 밟으며 연구하는 후학이 있다면 내 연구 실적을 뛰어넘을 수도 있다.

나는 궁극적으로는 인간이 가지각색의 부조화스럽고 독립적인 개체들이 모인 조직체라고 추측했다. 나는 성격상 한 방향으로 나아가는 것이 절대 옳다면 오직 그 방향으로 나아갔다. 내가 인간의 근본적이고도 완전한 이중성을 인지하게 된 것은, 나 자신 안에 내재한 도덕적인 측면을 통해서였다. 내 의식의 영역 안에 존재하는 두 가지 성격 가운데 그 어떤 것도 나지만 그것은 단지 내가 철저하게 양쪽 모두의 성격을 가지고 있기 때문이라고 생각했다.

앞으로 기술할 기적에 대한 일말의 가능성이 생기기 이전부터 나는 이 요소들을 분리시키는 것에 관한 백일몽에 즐겨 빠지곤 했다. 만약 각자를 다른 개체로 분리할 수 있다면 참기 어려운 괴로움에서 인생이 자유로워질 것이 아니겠는가?

악한 본성은 고결한 쌍둥이인 착한 본성의 향상심과 양심의 가책에서 해방되어 제 갈 길을 가면 될 것이다. 그리고 착한 본성은 이 이질적인 악한 본성이 저지르는 불명예스러운 일을 접하고 괴로워하거나 참회할 필요 없이, 그에게 기쁨이 되는 좋은 일을 하면서 위로 향하는 향상의 길을 확고하고 안정적으로 올라갈 수 있다. 이렇게 어울리지 않는 삭정이들이 한 다발로 묶여 있어 양심은 고뇌에 빠지고, 극적으로 다른 선과 악이 계속적으로 투쟁해야 한다는 것이야말로 인류의 재앙이다. 그렇다면 어떻게 해야 이 두 본성을 분리할 수 있을까?

언급했던 것처럼 나는 연구실 테이블에서 우연히 그 문제를 해결할 수 있는 간접적인 실마리를 발견했다. 우리가 입고 있는 이 육체는 겉으로는 견고해 보이지만, 실은 안개같이 무상하고 연약한 비실체라는 사실을 나는 여태까지 연구했던 그 누구보다 더욱 깊이 깨닫게 되었다. 내가 발견한 약물을 사용하면 바람이 천막의 장막을 펄럭이게 만드는 것처럼 우리의 육체도 뒤흔들어 떨쳐버릴 수 있다는 사실을 발견했다.

과학적인 방법으로 더 깊이 들어가 설명하지 않는 것은 두 가지 이유에서다. 첫째, 삶의 운명과 부담을 어깨에 짊어져야 하는 것이 인간의 숙명이며, 그것을 떨쳐버리려 할 때 더욱 생소하고 무서운 압력으로 돌아온다는 사실을 배우게 되었기 때문이다.

둘째, 내 이야기에서 설명이 되겠지만, 아 슬프도다! 내 발견은 불완전했다. 나는 사람의 육체는 그 영혼을 구성하는 어떤 힘이 발산하는 독특한 기운과 광휘에서만 나온다는 사실을 알게 되었다. 조제한 약을 사용해서 영혼의 힘으로부터 지고지상의 우월함을 박탈하고 그 빈자리를 또 하나의 형태와 외양으로 대체하려 하자 당연하게도 내 영혼의 저열한 부분이 커다란 부분을 차지한 상태로 재현되었다.

이 이론을 실행에 옮기기까지 나는 무척이나 오랫동안 망설였다. 잘못되면 죽을 수도 있다는 것을 잘 알고 있었다. 그렇게 효력이 강하고 인간 존재의 핵심을 흔들어놓는 약이라면 조금만 과용하거나 약간이라도 시간을 어길 경우 변하기를 고대하는 이 실체 없는 육체를 돌이킬 수 없이 망가뜨릴지도 모르기 때문이다.

그렇지만 기이하고 훌륭한 발견에 대한 유혹은 마침내 경각심을 떨쳐내버렸다. 팅크 용액은 오래전에 이미 준비를 해두었기 때문에 나는 과거의 실험에서 마지막으로 필요한 재료라는 것을 알게 된 특수한 소금을 약품 도매상에서 대량으로 구입했다. 그리고 어느 저주받은 깊은 밤에 필요한 재료들을 섞은 다음 유리컵 안에서 재료들이 반응을 일으켜 수증기를 내뿜는 것을 지켜보았다. 마침내 약품의 화학 반응이 멈춘 순간 나는 한껏 그러모아야 했던 용기로 그 약을 단숨에 마셔버렸다.

온몸이 부서지는 것 같은 고통이 찾아왔다. 뼈가 갈리는 듯한 아픔과 죽을 것 같은 구역질, 그리고 태어나는 순간이나 죽음을 맞이하는 순간도 그보다 더 두렵진 않을 듯한 정신적인 공포가 느껴졌다. 그러다 갑자기 이런 고통이 빠르게 가라앉고 마치 중병에서 회복된 것처럼 몸이 가뿐해졌다. 뭔가 다른 감정이 느껴졌다. 믿을 수 없을 정도로 새롭고, 그 새로움으로부터 믿을 수 없을 정도로 행복한 기분이 샘솟았다. 내 몸이 더 젊어지고 더 가벼워지고 더 행복해진 것처럼 여겨졌다.

나의 내부에서는 분별없는 무모함이 느껴졌고, 난잡하고 감각적인 영상들이 물레방아를 돌리는 개천의 물처럼 내 환상 속에서 끊임없이 줄달음치고 있었다. 의무와 책임의 속박을 깨뜨린 악의에 찬 자유로운 영혼이 느껴졌다.

이 새로운 존재로 첫 호흡을 하는 순간부터 나는 내가, 열 배는 더 사악해졌고 내 악한 본성의 노예가 되었다는 것을 깨달았다. 그런 생각이 든 순간 질 좋은 와인에 취한 것처럼 나는 흥분과 기쁨에 휩싸였다. 이 새로운 기분에 들떠서 손을 이리저리 뻗치며 기뻐 날뛰던 와중에 나는 문득 키가 형편없이 줄어들었다는 사실을 깨달았다.

그 당시 내 연구실에는 거울이 없었다. 이 글을 쓰고 있는 지금 내 옆에 있는 거울은 그 후 이 변신을 확인하려는 목적에서 가져다 놓았다. 어느덧 밤이 거의 지나고, 아직은 컴컴하지만 얼마 지나지 않아 해가 떠오를 새벽이 되어가고 있었다. 집안 식솔들은 모두 깊은 잠에 빠져 있을 시간이었기에 희망과 승리감에 도취된 나는 새로운 모습으로 침실까지 가는 모험을 감행하기로 했다. 하늘에서 반짝이는 아름다운 별들이 나를 내려다보는 가운데 안뜰을 가로질렀다. 별들도 세상에서 처음으로 보는 존재에 놀라고 있는 것만 같았다. 나는 바로 내 집의 침입자가 되어 살금살금 복도를 걸었다. 그리고 마침내 에드워드 하이드의 모습을 처음으로 보게 된 것은 침실에 도착한 후였다.

정확하게 알진 못하지만, 이 시점에서 가장 가능성이 높다고 생각되는 이론을 말하면, 방금 약의 힘을 빌려 변신한 내 본성의 악한 부분은 막 없애버린 착한 부분에 비해 약하고 덜 발달했던 것 같다. 다시 한번 말하지만 여태까지 나는 미덕과 분별 있는 삶을 추구하는 데 90% 정도의 노력을 할애했기 때문에 악한 부분은 활동이 훨씬 덜했고 소모된 부분도 적었다. 그런 이유에서 에드워드 하이드의 모습은 헨리 지킬보다 훨씬 작고 호리호리하고 젊은 모습이었다고 생각한다. 한쪽의 외양에서는 선이 빛을 발하고 다른 쪽의 얼굴에서는 악이 분명하게 드러나 있다. 그 외에도 악은 그 몸에 (내가 아직도 인간의 치명적인 면이라고 믿고 있는) 불쾌감과 타락의 흔적을 남겼다.

그럼에도 거울에 비친 추한 형상을 보았을 때 나는 혐오감이라기보다는 펄쩍 뛰어오를 듯한 기쁨을 느꼈다. 그 모습도 나 자신이었다. 그 모습은 자연스럽고 인간적으로 보였다. 내 눈에는 그 모습이 더욱 활기찬 정신을 가지고 있고, 내가 여태까지 익숙해져 있던 불완전하고 분열된 헨리 지킬의 모습보다 더욱 명확하고 자유로워 보였다.

의심할 나위 없이 나는 옳았다. 내가 에드워드 하이드의 모습을 하고 있을 때면 내 곁에 가까이 오는 사람들은 누구나 의심과 불안에 휩싸이게 된다. 나는 이런 감정이, 우리가 만나는 모든 인간에게는 선과 악이 함께 있지만 에드워드 하이드는 인류 가운데 오직 하나뿐인 순수한 악으로만 이루어진 존재이기 때문일 것이라고 짐작한다.

나는 한참 동안 거울 앞에서 미적거렸다. 이제 나는 두 번째 실험

이자 결정적인 실험을 해야 했다. 본래 모습을 되찾지 못하고 내 신분을 잃어버린 채 날이 밝기 전에 달아나야 할지 확인해야 했다. 이 상태로는 이 저택을 내 집이라고 할 수 없었다. 나는 서둘러 연구실로 돌아와 다시 한번 약을 준비해 들이켰다. 약이 흡수되면서 다시 한번 지독한 고통을 겪은 다음 나는 헨리 지킬의 인격과 키와 얼굴을 가진 나 자신으로 되돌아왔다.

그날 밤 나는 파멸의 교차로를 건넜다. 좀 더 고귀한 정신으로 내 발견에 접근했더라면, 관대하고 경건한 향상심으로 실험을 했더라면 결과는 완전히 달랐을 것이다. 나는 죽음과 탄생에 대한 고뇌로 악마가 되는 대신 천사 쪽으로 한 발 내디딜 수 있었을 것이다. 그 약 자체에는 악마적인 것이나 신성한 것을 구별하는 효능이 없었다. 다만 그 약이 내 마음속에 존재하는 감옥의 문을 뒤흔들었을 뿐이다. 그리고 그 안에 있던 것이 빌립보의 포로*처럼 뛰쳐나왔다. 그 당시 나의 미덕은 깜빡 선잠이 들어 있었고, 악한 부분이 사납게 깨어 있어서 기민하게 뛰쳐나와 기회를 움켜잡은 터였다. 그 결과로 투사되어 나타난 것이 에드워드 하이드였다. 그렇게 해서 비록 지금은 내가 두 개의 외모와 두 개의 인격을 가지고 있다 하더라도, 한

---

* 셰익스피어의 《줄리어스 시저》 5막에서 다루어진 빌립보 전투(기원전 42년)에서 인용했다. 카시우스와 브루투스는 패배에 직면하게 되자 포로가 되기보다는 자살하기로 한다. 꿰뚫은 칼이 카시우스와 브루투스의 생명의 피를 흘러나오게 한 것처럼, 지킬 박사는 자신이 조제한 약이 그의 내부에 가두어두었던 모든 악한 충동을 흘러나오게 했다고 썼다.

쪽은 완전한 악이고 다른 한쪽은 바꾸거나 향상되는 것을 자포자기한 부조화스러운 복합체인, 예전과 같은 늙고 지친 헨리 지킬이다. 그러므로 나는 완전히 나쁜 방향을 향해서만 움직였던 셈이다.

그 당시에도 나는 학문 연구만 계속하는 건조한 삶이 싫어서 견딜 수 없었다. 나는 여전히 가끔 즐겁게 쾌락을 추구하고 싶었다. (아무리 좋게 말하더라도) 내가 추구하는 쾌락이 그럴듯한 것이라고는 말할 수 없었다. 게다가 나는 유명하고 사회적으로도 존경받는 위치에 있었고, 나이도 이미 먹을 만큼 먹었다.

이런 내 삶의 모순이 점점 더 달갑지 않게 여겨졌다. 그런 측면에서 내가 새로이 얻게 된 이 변신의 힘은 견딜 수 없는 유혹이었다. 약한 컵만 마시면 저명한 교수의 육체를 한순간에 벗어던지고 에드워드 하이드로 가장할 수 있었다.

처음 이 생각이 떠올랐을 때 나는 빙그레 웃었다. 그 당시에는 재밌게 여겨졌기 때문이다. 나는 세심한 주의를 기울여 준비를 해나갔다. 나는 하이드가 경찰에 잡힐 뻔한, 소호에 있는 바로 그 집을 얻어서 가구를 들여놓았다. 그리고 입이 무거우면서도 성격은 사악해 보이는 여자를 가정부로 고용했다. 다른 한편 내 하인들에게는 하이드의 인상을 설명하고 그가 광장에 있는 내 집을 자유롭게 사용할 것이라고 일렀다. 그리고 불상사가 생기지 않도록 하이드의 모습으로 나타나기도 했다. 그다음 단계는 어터슨이 그토록 반대한 유언장을 작성하는 것이었다. 지킬로서의 나에게 어떤 일이 생기더라도 재정상의 손실을 입지 않고 에드워드 하이드로서 살아갈 수 있도록 만들기 위해서였다. 생각나는 필요한 모든 준비를 빈틈없이 마친 다음 나는 내 지위에 대한 이 기묘한 면책권을 즐기기 시작했다.

세상에는 자신의 몸과 명예를 안전하게 보호하기 위해 악당들을 고용해 범죄를 저지르게 하는 사람들도 많다. 그러나 오직 쾌락만을 위해 그런 죄를 저지른 사람은 내가 처음일 것이다. 세상 사람들의 눈에는 온화하고 고결한 인격으로 근면하게 연구에 정진하는 학자였다가 빌려 입은 겉치레를 벗어던지고 나면 한순간에 자유의 바다로 뛰어들 수 있었던 사람은 내가 처음일 것이다. 아무도 알아차릴 수 없는 불가해한 장막이 씌워져 있는 나의 자유는 완벽한 것이었다.

상상해보라! 하이드는 사실 있지도 않은 존재인 것이다! 일단 연구실 문 안으로 도망친 다음 항상 준비되어 있는 약을 섞어서 삼킬 몇 분의 시간만 확보할 수 있다면 어떤 악행을 저질렀든 에드워드 하이드는 거울에 서렸던 입김처럼 순식간에 사라지고, 대신 서재에서 램프 심지를 손질하고 있는 헨리 지킬이 나타난다. 헨리 지킬이라면 그 어떤 혐의를 받아도 가볍게 웃어넘길 수 있을 것이다.

앞서도 이미 언급했지만 내가 변신한 채로 빠져들었던 쾌락은 사실 그럴듯한 것이라고는 말할 수 없다. 더 심한 표현을 쓰지는 않겠다. 하지만 일단 에드워드 하이드로 변하기만 하면 내 오락은 끔찍한 것으로 탈바꿈했다. 이런 짧은 유희를 끝내고 집에 돌아오면 나는 종종 하이드로 변해서 저지르는 타락에 일종의 두려움을 느끼곤 했다.

내가 나 자신의 영혼에서 불러내어 마음 내키는 대로 악행을 저지르게 해준 이 악마는 천성부터가 극악무도한 악당이었다. 모든 행동과 생각은 자기중심적이었고, 어떻게든 남을 괴롭히고 싶은 짐승 같은 욕망으로 기쁨을 느꼈으며, 심장이 돌로 되어 있는 것처럼 냉혹하고 가차 없었다.

가끔 헨리 지킬은 에드워드 하이드가 저지르는 악행에 아연실색하곤 했다. 그러나 상황 자체가 일반적인 경우와는 달랐고, 교활하게도 어느새 양심의 가책도 느슨해졌다. 어쨌든 나쁜 짓을 저지른 것은 하이드였으므로 결국 나쁜 것은 하이드뿐이며 지킬은 나쁘지 않았다. 지킬은 외관상 훌륭한 성품을 그대로 간직하고 있었기 때문이다. 상황이 허락할 때면 지킬은 하이드가 저지른 죄를 보상하려는 노력을 하기까지 했다. 그럼으로써 지킬의 양심은 위안을 받을 수 있었다.

(지금 와서도 내가 그런 죄를 저질렀다는 것을 받아들이기가 어렵지만) 하이드로서의 내가 저지른 불명예스러운 죄악을 자세히 이야기할 생각은 없다. 천벌을 받을 날이 다가오고 있다는 징조와 잇따라 찾아드는 파멸의 단계를 알려주고 싶을 뿐이다. 한 가지 사건이 있었는데 그 사건은 어떤 결과도 초래하지 않았기 때문에 간단히 언급만 하겠다.

한 여자아이에 대해 저지른 잔인한 행동은 지나가는 사람의 분노를 불러일으켰다. 그가 어터슨의 친척이라는 것은 나중에 알게 되었지만. 의사와 아이의 가족이 그에게 가세했고 나는 목숨을 잃게 될까 봐 두려워졌다. 그들의 너무나도 정당한 분노를 달래기 위해서 에드워드 하이드는 마침내 그 문까지 사람들을 데려가서 헨리 지킬의 이름으로 서명된 수표를 지불해야 했다. 그 후로는 그런 위험을 피하기 위해 에드워드 하이드의 이름으로 다른 은행에 계좌를 개설했다. 하이드는 손을 약간 뒤쪽으로 기울여서 서명함으로써 나와 다른 글씨체를 사용했다. 그럼으로써 나는 운명의 손길을 피했다고 생각했다.

댄버스 경의 살인 사건이 일어나기 두 달쯤 전이었다. 여느 때처럼 놀러 나갔던 나는 늦은 밤에야 집에 돌아왔는데 이튿날 아침 침대에서 잠이 깨자 뭔가 이상한 기분이 들었다. 주변을 돌아봤지만 이유를 알 수 없었다. 분명히 천장이 높고 고급 가구가 놓여 있는 광장의 내 집이었다. 마호가니로 만든 침대와 그 주변에 쳐진 커튼을 봐도 분명히 내 방이었다.

그럼에도 여기는 내가 있을 곳이 아니라는 느낌이 계속 들었다. 마치, 마치 에드워드 하이드의 몸으로 잠들곤 하던 소호의 작은 방에서 깨어날 때 같았다. 내 착각에 실소를 금할 수가 없었다. 왜 그런 생각을 하게 되었을까 머릿속으로 나른하게 생각하다가 그만 안락한 아침잠으로 다시 빠져들어버렸다.

좀 더 맑은 정신으로 잠에서 깼을 때 나는 여전히 그 생각을 하다가 문득 손으로 눈을 돌렸다. (어터슨이 종종 말했던 것처럼) 헨리 지킬의 손은 형태와 크기 면에서 직업에 완벽하게 걸맞은, 커다랗고 균형 잡힌 하얗고 멋진 손이었다. 그런데 이불에 반쯤 가려졌지만, 지금 런던의 아침 햇살 아래 너무나 분명하게 보이는 손은, 야위고 힘줄과 관절이 툭 불거진 데다가 거무스름하면서도 창백했고, 가무잡잡한 털이 숭숭 나 있었다. 에드워드 하이드의 손이었다.

나는 멍청하게 왜 그럴까 궁금해하면서 그 손을 한참 동안이나 응시하고 있었다. 갑자기 심벌즈가 챙 울린 것처럼 무서운 공포심이 가슴에서 솟아났다. 나는 침대에서 펄쩍 뛰어올라 미친 듯이 거울 앞으로 달려갔다. 거울에 비친 모습을 내 눈으로 확인한 순간 온몸의 피가 싸늘하게 식어버렸다. 그렇다, 나는 분명 헨리 지킬의 모습으로 잠이 들었는데 에드워드 하이드로 일어났다. 도대체 왜 이런 일이 일어났을까? 나는 자문했다.

그러자 또 다른 공포가 덮쳐왔다. 어떻게 하면 헨리 지킬의 모습으로 돌아갈 수 있는 거지? 날이 밝은 지도 한참이 지난 오전이었다. 하인들은 모두 일어났을 테고, 내 약은 모두 연구실에 있었다. 공포에 제정신을 잃은 나는 지금 있는 침실에서 계단을 2층이나 내려가 뒤쪽 복도를 지나 안뜰을 가로지른 다음 해부실을 통과하는 긴 여정을 거쳐야 했다.

얼굴은 가릴 수 있겠지만 그게 무슨 소용 있을까? 키가 이렇게 작아진 것은 감출 수가 없을 텐데. 갑자기 내 하인들이 하이드가 왔다 갔다 하는 것에 이미 익숙해져 있다는 데 생각이 미쳤고, 나는 안도의 한숨을 내쉬었다. 나는 곧 지킬의 옷 중에서 최대한 하이드에게 맞는 옷으로 갈아입고 방을 빠져나갔다. 도중에 마주친 브래드쇼는 하이드가 그렇게 이른 시간에 몸에 맞지도 않는 괴상한 옷차림으로 나타난 것에 의아한 시선을 보냈다. 마침내 10여분이 지나자 지킬 박사의 몸으로 돌아올 수 있었고 나는 아침을 먹는 척하며 식탁에 앉았다. 얼굴이 저절로 찌푸려졌다.

식욕은 몽땅 달아나버린 지 오래였다. 이전 상태로 반전이 되어버리는 이유를 알 수 없는 이 사건은 내가 받을 심판을 예고하는 바빌로니아의 손가락*처럼 보였다. 나는 그 어느 때보다도 진지하게 나의 이중생활이라는 문제와 어떤 일들이 일어날 것인지를 심사숙고했다.

나의 일부 중에서 투사를 시키는 힘이 있는 부분은 최근 과도하게 활동하고 많이 자랐다. 곰곰이 생각해보니 (내가 하이드의 몸을 하고 있을 때면) 이전보다 혈액순환이 훨씬 잘된다고 느꼈는데 최근에 갑작스레 에드워드 하이드의 몸과 키가 자란 것을 알아차릴 수 있었다. 변신을 자주 계속하면, 내 성격의 균형이 영구히 무너지고, 자발적인 변화의 힘을 빼앗기며, 에드워드 하이드의 성격이 바꿀 수 없는 내 성격이 되어버릴 위험성이 있다는 것을 나는 알게 되었다.

약의 효능이 언제나 같게 나타나는 것은 아니었다. 처음 변신을

---

* 〈다니엘서〉 5장 5~25절에 보면 바빌론의 왕인 벨사살이 주최한 연회 도중에 신비한 손이 나타나서 벽에 "메네 메네 데겔 우바르신(MENE, MENE, TEKEL, UPHARSIN)"이라고 썼다는 이야기가 나온다. 다니엘은 그 말을 벨사살과 그 왕국의 멸망에 대한 예언으로 해석했다. 이에 따라 벽 위의 글씨라는 표현을 '재앙의 조짐'이라는 의미로 사용하게 되었다. 지킬 박사는 약을 마시지 않았는데도 잠을 자던 도중에 하이드로 변한 후 마치 벽 위의 글씨로 예언되었던 것과도 같이 자신의 재앙이 다가오는 것을 느끼기 시작했다고 쓰고 있다.

시작했던 초기 무렵에 언젠가 완전히 실패한 적이 있었다. 그때 이후로 약의 양을 두 배로 늘려야 했던 적이 여러 번 있었고, 또 한번은 죽음의 위협을 무릅쓰고 세 배까지 늘려야 했던 적도 있었다. 이렇게 드문드문 일어나는 불확실성은 내 마음에 그림자를 드리우고 있었다.

그러던 중에 일어난 그날 아침의 사건은, 처음에는 지킬의 몸을 벗어버리는 것이 힘들었지만, 최근에는 점진적이고도 확실하게 하이드에서 지킬로 변신하는 것이 어려워지고 있다는 사실에 주목하게 했다. 모든 정황은 내가 본래의 나, 즉 더 나은 본성을 서서히 잃어버리고, 두 번째 나이자 악한 본성을 받아들이고 있음을 나타냈다.

나는 어쩐지 이 두 개의 인격 가운데 하나를 선택해야만 할 것 같은 느낌이 들었다. 내가 가지고 있는 두 개의 인격은 기억력만을 공통으로 가지고 있을 뿐 다른 능력은 모두 정반대였다. (선과 악이 혼재된 인격인) 지킬은 감수성이 예민한 부분도 있었지만, 한편으로는 하이드가 하는 행동을 계획하고 거기서 오는 기쁨을 함께 나누는 탐욕스러운 성향도 있었다.

그러나 하이드는 지킬에게 무관심하거나 아니면 산적들이 몸을 숨기는 동굴처럼, 쫓기는 자신을 숨기는 데 도움이 되는 존재로밖에 여기지 않았다. 지킬이 하이드에게 여느 아버지 이상으로 관심을 가졌다면 하이드는 여느 아들보다 더욱 심한 무관심으로 지킬을 대했다.

지킬로 사는 운명을 선택하려면 나는, 오랫동안 비밀스럽게 탐닉해왔지만 최근에는 맘껏 채울 수 있었던 욕구에 사형을 선고해야 했다. 하이드의 삶을 선택하려면, 지킬의 모든 명예와 지위를 포기하고 일거에 모든 사람들에게 경멸당하고 영원히 친구도 하나 없는 처지가 되어야 했다.

　어느 쪽을 선택해야 할지는 명약관화해 보일 것이다. 그러나 단순하게 균형을 잡을 수 없는 또 다른 사항을 반드시 고려해야 했다. 바로 지킬이 가혹한 절제를 견뎌야 하는 반면, 하이드는 자기가 잃어버린 것에 대해 알지도 못하고 관심도 없다는 사실이다. 내가 처한 상황이 기묘하긴 했지만 이런 논쟁은 인간의 역사만큼이나 오래되고 진부했다. 신의 뜻을 거역한 채 떨고 있는 죄인들은 거의 비슷한 정도의 유혹과 공포에 휩싸여 주사위를 던진다. 그리고 마침내 내가 주사위를 던져야 할 시점이 닥치자 나는 더 나은 부분을 선택하기로 결정했고, 나 이전에 수많은 인간이 그러했던 것처럼 결심을 지킬 힘이 모자란다는 사실을 알게 되었다.

　그렇다, 나는 친구들에 둘러싸여 있고 정직한 희망을 소중히 여기는, 나이 지긋하고 욕구불만인 의사의 길을 택했다. 하이드의 모습으로 변신해서 즐겼던 자유와 상대적인 젊음, 가벼운 발걸음, 그리고 고동치는 맥박과 비밀스러운 즐거움에 단호하게 작별을 고했다.

　어쩌면 이런 선택을 하면서도 무의식적인 미련이 남아 있었는지도 모른다. 소호에 있는 집을 그대로 놔둔 것이라든지 에드워드 하이드의 옷을 내다 버리지 않고 내 옷장에 보관해둔 것을 보면 짐작할 수 있다. 그러나 나는 두 달 동안 내가 내린 결단에 진실하게 따랐다. 두 달 동안 나는 그 어느 때보다도 절제된 생활을 했고 그에 따른 양심의 만족을 즐거이 받아들였다.

그러나 시간이 지남에 따라 마침내 경각심이 잊히기 시작했다. 나는 점차 양심의 만족을 당연한 것으로 받아들이게 되었다. 마치 내 안에서 하이드가 자유를 찾아 몸부림치고 있는 듯 나는 고통스러운 갈망에 시달리기 시작했다. 그리고 마침내 도의심이 약화된 순간 나는 다시 한번 변신의 약을 조제하여 마시고 말았다.

술주정뱅이가 술에 취해 자신의 변명을 합리화할 때 짐승 같은 육체적인 무신경에서 저지르는 일에는 눈곱만큼도 신경을 쓰지 않는 것처럼, 나 역시 오랫동안 변신을 하지 않았기 때문에 에드워드 하이드의 주된 성격이 갑자기 뛰쳐나와 이성을 잃고 악한 생각에 사로잡히고 도덕적으로 완전히 무감각해진다는 점을 고려하지 못했다. 내가 천벌을 받게 된 것은 바로 그 때문이었다.

오랫동안 갇혀 있던 내 안의 악마는 으르렁거리며 뛰쳐나왔다. 약을 마시고 나자 나는 억제가 불가능할 정도로 더욱 사납게 날뛰는 사악한 충동에 사로잡히게 되었다. 나의 불행한 희생자가 정중하게 말을 거는 소리에 조급하게 울화통을 터뜨리게 된 것은 이 사악한 충동이 내 영혼을 마구 휘젓고 있었기 때문이다.

아무것도 아닌 도발에 그런 흉악한 범죄를 저질렀다손 치더라도 그 범인이 도덕적인 분별이 전혀 없는 사람이라면 최소한 하느님

앞에서는 무죄일 것이라고 나는 생각한다.

내가 처했던 상황은 아픈 어린아이가 장난감을 부숴버릴 때와 비슷한 정신 상태였다. 나는 유혹에 빠진 가장 나쁜 사람들조차도 어느 정도는 가지고 있는, 균형을 잡는 본능을 자발적으로 벗어던 져버렸다. 유혹에 대한 저항 능력이 완전히 무너져버렸다.

별안간 지옥의 악마가 내 안에서 깨어났고, 격노해서 날뛰었다. 나는 기뻐서 어쩔 줄 몰라하면서 저항도 하지 않는 댄버스 경에게 못매를 퍼부었다. 때릴수록 더 큰 즐거움이 느껴졌다. 온몸이 완전히 기진맥진해져서야 몽둥이세례를 멈췄다. 갑자기 최고조에 이른 광란 상태에 빠져 있던 나의 마음에 차가운 공포의 전율이 흘렀다. 이윽고 광란의 안개가 걷히고 나자 나는 내 목숨이 경각에 처한 것을 알아차렸다. 나는 흥분된 마음과 사악한 욕구의 충족으로 기고만장해진 동시에 두려움에 몸을 벌벌 떨면서 범죄 현장에서 달아났다.

삶에 대한 애착은 최고조에 달했다. 나는 소호에 있는 집으로 달려가서 (모든 증거를 완전히 없애기 위해) 서류들을 파기한 다음 집에서 나와 가로등이 밝혀진 거리를 돌아다녔다. 내 마음은 여전히 나뉘어 있었다. 내가 저지른 범죄에 득의양양해하면서 유쾌한 마음으로 다른 범죄를 꾸미다가도, 동시에 누군가가 뒤를 쫓아오는 것은 아닌지 경각심에 귀를 쫑긋 세우고 서둘러 발걸음을 옮기기도 했다.

하이드는 약을 조제하는 동안에도 콧노래를 부르고 있었고, 그 약을 마실 때는 죽은 자에게 건배를 건네기까지 했다. 몸을 갈기갈기 찢는 듯한 고통이 가라앉자마자 헨리 지킬은 감사와 참회의 눈물을 흘리며 무릎을 꿇고 하느님께 기도를 올렸다. 머리끝에서 발끝까지 뒤집어쓰고 있던 방종이라는 덮개가 쩍 갈라졌다.

나는 여태까지 내가 살아온 삶을 되돌아보았다. 아버지의 손을 잡고 걷던 어린 시절부터 자신의 본성을 부정하면서까지 열심히 살려고 했던 직업 생활을 거쳐 오늘 저녁의 비현실적인 공포에 이르기까지 몇 번이고 되풀이해서 내 삶을 떠올렸다. 큰 소리로 비명을 질렀는지도 모르겠다. 나는 눈물과 기도로 기억 속에서 자꾸만 되살아나는 끔찍한 영상과 소리를 덮어버리려고 했다. 그러나 간절한 기원을 드리는 내내 내가 저지른 추악한 범죄가 나의 영혼을 노려보고 있는 것이 느껴졌다.

이렇게 참회를 하고 나자 마음이 가벼워졌다. 내 행동 때문에 일어난 문제는 해결되었다. 앞으로 내 마음이 어떻게 바뀌건 간에 하이드는 절대로 나오지 않을 것이다. 그리고 나는 선한 인격에만 머무르게 될 것이다. 아, 내 마음은 그런 생각으로 한없이 기뻐졌다! 나는 자연스러운 삶에서 오는 제약을 다시 한번 기꺼이 겸손한 마음으로 받아들였다! 나는 신실한 맹세와 함께 그렇게 자주 오가던 연구실 문을 잠그고 열쇠를 구두 뒤축으로 부서뜨려버렸다.

다음 날이 되자 댄버스 경의 살인 사건을 목격한 사람이 나타났다. 세상 사람들에게 하이드의 범죄와 더불어 피살자가 존경받는 사회 지도층 인사라는 사실이 널리 알려졌다. 단순한 범죄가 아니라 비극적이고 어리석은 짓거리였다. 나는 그런 사실들을 알게 되어 다행이라고 생각했다. 교수형에 대한 두려움이 내 결심을 굳혀 줄 수 있어서 다행이라고 생각했다. 지킬은 이제 나의 피난처가 되었다. 하이드가 한순간이라도 모습을 드러냈다면 모든 사람이 그를 끌고 가서 쳐 죽였을 것이다.

나는 미래의 선행으로 과거의 죄를 갚으려고 마음먹었다. 솔직히 이 결심은 얼마쯤 좋은 결과를 거두었다. 작년에 내가 어려움에 처한 사람들을 도우려고 얼마나 애썼는지 어터슨은 잘 알고 있을 것이다. 남들을 위해 얼마나 많은 일을 했는지도 잘 알고 있을 것이다. 그러면서 고요하게 시간이 흘러갔다. 나는 거의 행복하다고 말할 수 있을 정도였다.

다른 사람들에게 많은 것을 베풀고 순결한 생활을 하는 것이 지겨워졌다고는 말할 수 없다. 오히려 나는 날마다 그 생활을 완벽하게 즐기고 있었다. 그러나 나에게는 여전히 이중생활에 대한 못된 욕구가 남아 있었다. 내 회개심을 감싸고 있던 첫 번째 장막이 벗겨지자, 오랫동안 탐닉해왔지만 최근에 자물쇠를 걸어 잠갔던 나의 저열한 부분이 꿈틀거리기 시작했다. 물론 하이드의 부활을 꿈꿨던 것은 아니다. 그런 생각만으로도 공포 때문에 발작 상태가 될 정도였다. 하지만 나는 지킬의 모습으로 양심을 희롱하고 싶다는 유혹에 사로잡혔다. 마침내 나는 다른 비밀스러운 죄인들처럼 유혹에 무릎을 꿇었다.

모든 일에는 끝이 있게 마련이다. 마침내 임계치에 도달했다. 그러나 이렇게 잠깐잠깐 악에 굴복한 일은 끝내 내 영혼의 균형을 파멸시켰다. 그러면서도 나에게는 경각심이 들지 않았다. 그 약을 발견하지 않았던 옛날로 돌아간 것처럼 그런 타락이 자연스러워 보였기 때문이다.

맑게 갠 1월의 어느 날이었다. 발밑에는 서리가 녹아 질척거렸지만 머리 위 하늘에는 구름 한 점 없었다. 리젠트 파크에는 여전히 겨울의 소리가 가득했지만 한편으로는 봄의 향기가 달콤하게 풍겨오기도 했다. 나는 벤치에 앉아 햇볕을 쬐고 있었다. 나의 내부에 존재하는 짐승이 지난날의 기억이라는 달콤한 고깃점을 핥고 있었지만 참회를 해야 할 내 정신은 꾸벅꾸벅 졸며 깨어날 기미를 보이지 않고 있었다. 마침내 남들에게 관심도 없는 게으르고 잔인한 이들에 비하면 나는 열심히 어려운 이웃을 돕고 있다는 생각을 떠올리자 저절로 웃음이 났다.

내가 그렇게 허영심에 찬 생각에 잠겨 있던 바로 그 순간 현기증과 지독한 구역질이 나면서 몸이 무섭게 떨리기 시작했다. 그런 증상은 곧 없어졌지만 몹시 어지러웠고 어지러움이 가신 후에는 내 성격이 바뀌었다는 것을 알아차렸다. 나는 대담해지고 의무의 속박에서 해방되었다는 느낌이 들었다. 내 몸을 내려다보자 줄어든 팔다리에 커다란 옷이 헐렁하게 늘어져 있었고 무릎에 놓여 있는 손은 관절이 툭 튀어나오고 털이 무성했다. 어느새 다시 에드워드 하이드가 되었다. 조금 전까지 모든 사람의 존경과 사랑을 받는 부유한 신사였고 내 집 식당에는 나를 위한 식사가 차려져 있는 안전한 사람이었던 나는 일순간 교수형의 위협을 받는, 전국에 지명수배된 유명한 살인범이 되어 집도 절도 없이 세상 사람들의 사냥감이 되는 신세로 전락하고 말았다.

나는 제정신이 아니었지만 그래도 완전히 이성을 잃지는 않았다. 나는 하이드의 상태로 다시 한번 생각해보았다. 지성이 예리해지고 생각도 유연해진 것 같았다. 그래서 그런지 지킬이라면 어쩔 줄 모르고 발만 동동 구르고 있을 상황인데도 하이드는 그 순간의 위기에 대처했다.

내 약은 연구실 서랍장에 들어 있었다. 어떻게 손에 넣을 것인가? 그것이 내가 풀어야 할 숙제였다. 연구실 문은 내 손으로 잠갔다. 집을 통해서 연구실에 들어가려면 하인들이 나를 경찰에 넘길 것이 분명했다. 다른 사람의 손을 빌려야만 했다. 그러자 라니언이 떠올랐다. 라니언에게는 어떻게 연락을 할 것인가? 또 어떻게 설득할 것인가? 다행히 길에서 붙잡혀 경찰에 넘겨지는 것은 피한다 하더라도 어떻게 그를 만날 것인가? 알지도 못하고 불쾌감만 주는 모습을 한 내가 저명한 의사인 라니언을 설득해서 친구인 지킬 박사의 연구실을 뒤지게 만들 수 있는 방법이 과연 있기는 한 걸까?

그때 갑자기 내 본래의 특성 한 가지는 남아 있다는 사실을 깨달았다. 내가 지킬의 필적으로 글씨를 쓸 수 있다는 생각이 들자 구체적인 방법이 불꽃처럼 확 떠올랐다.

그래서 나는 즉시 가능한 옷매무새를 가다듬고 지나가는 마차를 불러 포틀랜드 거리에 있는 한 호텔로 갔다. 나의 모습(분명히 아주

우스꽝스러운 모양새이긴 하겠지만 그 옷으로 가려진 운명은 얼마나 비극적인가!)을 본 마부는 킥킥거렸다. 나는 갑작스레 악마 같은 격분에 휩싸여서 그를 향해 이를 부드득 갈았다. 마부의 얼굴에서는 웃음기가 싹 가셨다. 그에게도 다행이었지만 나에게는 더욱 천만다행이었다. 마부가 조금만 더 웃었더라면 나는 그를 마차에서 끌어내리고 말았을 것이다.

호텔에 도착하자 나는 안으로 들어가면서 험악하고 무시무시한 표정으로 주위를 노려보아서 종업원들을 벌벌 떨게 만들었다. 그들은 내 면전에 눈길 한번 보내지 못했지만, 내 지시를 잘 수행해서 방으로 안내한 다음 편지를 쓰는 데 필요한 물건들을 가져다주었다.

목숨을 위협받는 하이드는 완전히 낯선 존재였다. 그는 과도한 분노로 흔들리면서 살인 욕구에 시달리고 다른 사람들에게 고통을 가하고 싶어했다. 그러면서도 하이드는 기민했다. 엄청난 의지력으로 분노를 다스리면서 하이드는 라니언과 풀에게 두 통의 중요한 편지를 썼다. 그리고 편지가 실제로 전해졌는지 확인하기 위해서 등기로 부치라고 지시했다. 그 후로 그는 호텔방 난롯가에 앉아 하루 종일 손톱을 물어뜯고 있었다. 엄습하는 공포에 덜덜 떨면서 그는 방에서 홀로 저녁을 먹었다. 웨이터는 그의 눈앞에서 눈에 띨 정도로 덜덜 떨었다. 그리고 마침내 밤이 이슥해지자 마차를 불러 타고 창문을 꼭 닫은 채 런던 거리를 여기저기 달리게 했다.

나는 하이드를 '그'라고 말했다. 도저히 '나'라고는 부를 수가 없다. 그 악마의 자식에게는 인간다운 면이 하나도 없었고 마음속에는 공포와 증오밖에 없었다. 마침내 마부가 그를 수상쩍게 보기 시작하자 그는 마차에서 내려 두 발로 배회했다. 잘 맞지도 않는 옷을 어색하게 걸친 그는 밤거리를 걷는 사람들 가운데 눈에 띄는 구경거리였다. 하이드 안에서는 공포와 증오가 폭풍우처럼 사납게 휘몰아치고 있었다. 그는 두려움에 차서 걸음을 재촉했고 몰래 인적이 드문 거리로 숨어들었다. 혼자서 중얼거리기도 하고 자정까지 얼마나 남았을지 헤아려보기도 하면서 하이드는 뒷골목을 배회했다. 한번은 성냥 파는 여자가 매달리자 얼굴을 세게 때려서 나가떨어지게 만들기도 했다.

라니언의 집에 도착했을 때 옛 친구가 나를 보고 두려워하는 것을 보자 그가 조금쯤 불쌍해졌다. 그러나 내가 그 시간을 되돌아볼 때마다 느끼는 공포에 비하면 그의 두려움은 새 발의 피처럼 하찮은 것이었다. 나는 변신을 했다. 이제 나를 괴롭히는 것이 더는 교수대의 공포가 아니었다. 나를 파멸시키는 하이드로 변신하는 것이 가장 두려웠다.

나는 비몽사몽간에 라니언이 비난하는 것을 들었다. 내 집에 도착해 침대에 들 때까지도 나는 비몽사몽간이었다. 그날 하루 동안 겪었던 정신적 피로 덕분에 나는 나를 괴롭혀온 악몽조차도 방해하지 못하는 숙면을 취할 수가 있었다. 다음 날 아침 잠에서 깨었을 때 나는 의기소침해지고 약해진 느낌이 들었다. 그러면서도 기분은 상쾌했다. 아직도 내 안에서 잠들어 있는 그 짐승 같은 존재를 생각만 해도 나는 두렵고 증오스러웠다. 물론 바로 전날 겪었던 소름 끼치는 위험도 잊히지 않고 있었다. 그렇지만 나는 다시 안전하게 집으로 돌아왔고 약도 가까이에 있었다. 무사히 도망칠 수 있었던 데 대한 감사의 마음이 내 영혼 깊은 곳에서 솟구쳤고, 밝은 희망이라고도 할 수 있었다.

아침 식사를 마친 후 나는 상쾌한 공기를 들이마시며 즐거운 마음으로 느긋하게 안뜰을 산책하고 있었다. 바로 그때 변신을 예고하는, 말로 설명할 수 없는 그 느낌이 다시 찾아들었다. 간신히 안전한 연구실에 도착했을 때 나는 다시 한번 격렬한 분노에 휩싸여 공포로 몸이 얼어붙은 하이드의 모습이 되어 있었다. 이번에는 나 자신의 몸으로 돌아오기 위해 양이 두 배나 더 많은 약을 마셔야 했다.

아, 어쩌면 좋을까! 여섯 시간쯤 지난 후 벽난로 불빛을 바라보며 고뇌하고 있으려니 다시 고통이 찾아왔고, 약을 복용해야 했다. 요컨대, 그날 이래로 내가 지킬의 모습을 할 수 있었던 시간은 운동을 할 때 같이 엄청난 힘과 노력을 들이고 있을 때나 약효가 지속되고 있을 때뿐이었다.

밤낮을 가리지 않고 변신의 징조인 떨림이 찾아왔다. 무엇보다도 내가 잠이 들면, 아니 의자에 앉은 채 순간적으로 잠깐 졸기만 해도 일어날 때는 하이드의 모습이 되어 있었다. 쉼 없이 달려드는 무리한 긴장과, 나 자신의 탓이긴 하지만 인간으로서는 불가능할 만큼 지독한 불면증 때문에 과도한 흥분 상태에 완전히 먹혀버린 나는 축 늘어져서 몸과 마음이 다 약해지고 단 한 가지 생각에 가득 차 있었다. 바로 다른 나, 하이드에 대한 공포였다.

이제는 잠이 들거나 약효가 가시고 나면 변신 과정을 거의 거치지 않고 하이드의 모습으로 변해 있곤 했다. (날이 갈수록 변신으로 느끼는 고통이 눈에 띄게 줄어들었기 때문이다.) 두려운 영상을 떠올리며 벌벌 떠는 한편, 이유 없는 증오로 부글거리는 영혼과 격렬한 삶의 에너지를 감당하기에는 너무 연약한 육체를 가진 존재로 바뀌었다.

지킬이 쇠약해짐에 따라 하이드의 힘은 더욱 커져가는 것 같았다. 서로 상대방을 미워하는 마음은 비슷한 정도로 커졌다. 지킬에게는 생존 본능에 관련된 문제였다. 그는 자신과 의식의 일부를 공유하고 있으며 생사존망의 공동 운명체인 하이드의 불쾌한 결점들을 이제까지 모두 보아왔다. 지킬을 가장 사무치게 괴롭히는 이런 공유점을 제외하고도, 그는 하이드를 소름 끼치고 몸서리쳐지는 존재일 뿐만 아니라 자기와는 다른 이질적인 존재라고 생각했다.

정말 경악스러운 일이었다. 저 깊은 구덩이 안에 있는 지저분하고 언짢은 존재가 비명을 지르고 목소리를 내고 있는 것 같았다. 더러운 먼지 같은 존재가 손짓 발짓을 하고 죄를 짓고 있는 것 같았다. 형체도 없는 죽은 자가 삶을 가지고 고리대금 놀이를 하는 것 같았다. 반란을 일으키려는 하이드가 지킬에게는 아내보다, 그 자신의 눈보다도 가깝게 그의 몸 안에 갇혀 있었다. 지킬은 하이드가 그 안에서 중얼거리는 것을 들을 수 있었고, 생명을 얻으려고 발버둥 치는 것을 느낄 수 있었다. 그리고 하이드는 지킬이 약해지거나 잠이 들면 그 틈을 타서 그를 압도하고 몸을 빼앗아버렸다.

하이드가 지킬을 증오하는 것은 완전히 다른 이유에서였다. 교수대에 대한 두려움은 하이드에게 순간적인 자살 시도를 하게 만들기도 했고, 자신이 완전한 하나의 인간이 아니라 지킬의 일부분일 뿐이라는 생각을 끊임없이 상기시켰다. 그는 지킬이 필요하다는 사실이 싫었다. 그는 지금 지킬이 빠져 있는 의기소침한 낙담 상태가 지긋지긋하게 싫었다. 그리고 하이드는 자신의 일부분을 그토록 미워하는 지킬에게 분개했다. 그래서 그는 내 손으로 책의 여백에 하느님에 대해 불경스러운 말을 써넣는다거나 편지를 태워버리고, 내 아버지의 초상을 부수는 등 못된 짓을 저지르곤 했다. 만일 죽음에 대한 두려움만 아니었더라면 나를 괴롭히기 위해 자기 목숨이라도 능히 끊었을 것이다. 하지만 하이드는 불가사의할 정도로 삶에 집착했다. 나는 하이드를 생각하는 것만으로도 구역질이 나고 공포에 몸이 얼어붙지만 그가 삶에 비굴할 정도로 집착해서 자살을 꾀할 수 있다는 것 때문에 나를 얼마나 두려워하는지 상기할 때면 동정마저 느껴질 정도이다.

이 기록을 계속할 필요도, 그럴 만한 시간도 없을 것 같다. 나만한 괴로움을 견뎌야 했던 사람은 아무도 없었을 것이라고만 말해두자. 그래도 한 가지만 덧붙인다면 습관적인 괴로움은 사람을 무감각하게 만든다는 사실이다. 괴로움을 더는 것이 아니라 일종의 체념적인 절망 상태가 된다. 나의 천벌은 몇 년이고 계속되었을 수도 있다. 그러나 헨리 지킬의 얼굴과 헨리 지킬의 인격과 완전히 단절될 마지막 재앙이 이제 다가왔다. 첫 실험을 할 때 구입한 이후 보충한 적 없었던 소금이 이제 바닥나기 시작했다. 소금을 새로 사 오게 한 다음 약을 조제했다. 약이 화학 반응을 일으키고, 첫 번째로 색이 변했다. 그러나 두 번째 변색은 일어나지 않았다. 할 수 없이 그대로 마셔보았지만 아무런 효과가 없었다. 풀에게 물어보면 내가 런던을 얼마나 샅샅이 뒤졌는지 알게 될 것이다. 그러나 아무 소용 없었다. 지금 생각해보면 내가 처음으로 샀던 소금에 불순물이 섞여 있었던 것 같다. 그 미지의 불순물이 약에 효능을 주었던 것 같다는 생각이 든다.

그 후로 일주일가량이 지났다. 나는 예전에 만들어두었던 가루약 마지막 봉지의 힘을 빌려 이 기록을 마무리하고 있다. 기적이 일어나지 않는다면 지금이 헨리 지킬의 머리로 생각하고 헨리 지킬의 얼굴을 거울에 비춰볼 수 있는 마지막 순간이 될 것이다. (아, 지금 거울 속의 표정이 얼마나 슬프게 바뀌는지!)

글을 맺는 데 너무 지체하지 말아야겠다. 지금까지 쓴 이 이야기가 전해진다면 엄청난 신중함과 행운 덕분이다. 이 글을 쓰는 도중에 혼란스러운 변신이 찾아온다면 하이드는 이 편지를 갈기갈기 찢어버릴 것이다. 그렇지만 기록을 한쪽 편에 치워두고 나서 시간이 좀 지난 다음 변신을 하게 된다면 하이드는 그 굉장한 이기심과 죽음에 대한 공포 때문에 이 기록의 존재를 떠올리지 못할 것이다.

우리 둘에게 다가오고 있는 운명은 이미 그를 바꾸고 망가뜨리고 있다. 지금으로부터 약 반시간쯤 지나 그 증오스러운 인격으로 다시, 그리고 영원히 바뀌고 나면 그는 내 의자에 웅크리고 앉아 벌벌 떨거나 흐느껴 울 것이다. 아니면 공포에 사로잡혀 이 방 안(지상에서 내 최후의 안식처)을 부자연스럽게 천천히 왔다 갔다 하며 혹시 무슨 소리가 들리지나 않는지 조그만 기척에도 귀를 쫑긋 세울 것이다.

하이드는 교수형을 당하게 될 것인가? 어쩌면 마지막 순간에 구원을 받기 위한 용기를 낼 수도 있다. 하느님만이 알고 계실 것이다. 나는 염두에 두지 않는다. 바로 지금이 내가 진정으로 죽는 순간이다. 그다음에 일어나는 일은 내가 아닌 다른 사람의 일일 뿐이다. 펜을 내려놓고 내 고백을 봉인하는 바로 이 순간 나는 불행한 헨리 지킬의 삶에 종지부를 찍는다.

병 속의 악마[*]

하와이 섬에 한 남자가 살았는데, 그 사람 이름은 케아웨라 해두 겠다. 사실 그가 아직 살아 있기 때문에 그 이름은 비밀로 해야 하는 데, 그가 태어난 곳이 케아웨 대왕의 유골이 숨겨진 동굴이 있는 호 나우나우에서 멀지 않기 때문이다. 케아웨는 가난했지만 용감하고 적극적인 성격이었다. 그는 학교 선생님처럼 읽고 쓸 수 있는 데다 일급 선원으로 한동안 섬들 사이를 운항하는 기선을 탔고, 하마쿠

---

* 금세기 초의 영국 연극을 공부하는 학생이라면 존경스러운 O. 스미스 덕분에 유명해진 극의 바탕이 되는 아이디어와 이름을 눈치챌 것이다. 바탕이 되는 아 이디어는 그 극에 나오는 것과 같지만 내 이야기가 새로운 것이기를 바란다. 그 리고 고향 근처에 사는 사람들에게는 별 흥미가 없을지 모르겠지만 이 이야기는 폴리네시아의 독자들을 위해 구상하고 썼다.

아 연안에서는 고래잡이배의 키를 잡기도 했다. 그러다가 더 큰 세상과 외국의 도시들을 보아야겠다는 생각에 케아웨는 샌프란시스코로 향하는 배에 탔다.

샌프란시스코는 멋진 항구가 있는 멋진 도시였고, 부유한 사람들이 셀 수 없이 많았는데, 특히 궁전 같은 집들이 들어선 언덕이 하나 있었다. 어느 날 케아웨는 주머니에 돈을 가득 채운 채 이 언덕을 산책하면서 양편에 늘어선 커다란 집들을 유쾌한 기분으로 보았다.

'정말 멋진 집들이구나!'

그는 생각했다.

'저 안에 사는 사람들은 얼마나 행복할까. 내일 따위는 전혀 걱정하지 않겠지!'

다른 저택들보다 다소 작긴 하지만 장난감처럼 아름답게 장식되고 세련된 집 앞에 다다랐을 때 그는 그런 생각을 하고 있었다. 그 집 앞의 계단은 은처럼 반짝거렸고, 정원의 가장자리에는 꽃다발처럼 꽃들이 활짝 피었으며, 창문은 다이아몬드처럼 빛났다. 케아웨는 그 앞에 발길을 멈추고 눈에 들어오는 모든 것들의 빼어난 아름다움에 경탄했다. 그러다가 그는 창문을 내다보는 한 남자를 알아차렸는데, 창문이 어찌나 깨끗했던지 그 모습이 암초의 웅덩이 안에 든 물고기처럼 선명하게 보였다. 나이가 지긋해 보이는 그 남자는 대머리에 검은 턱수염을 길렀는데, 슬픈 일이 있는지 안색이 어두웠고 쓰디쓴 한숨을 쉬었다. 그 진실은 창문 안을 쳐다보는 케아웨나, 케아웨를 내다보는 그 남자나 서로를 부러워한다는 것이었다.

갑자기 남자가 웃음을 짓더니 가볍게 고개를 끄덕여 아는 체를 하며 케아웨에게 들어오라고 손짓하고 현관으로 나와 그를 맞았다.

"내 집이 아름답지요?"

남자는 말하고 쓰디쓴 한숨을 지었다.

"들어와서 방 구경을 하고 싶지 않소?"

그러더니 케아웨를 안내해서 지하실에서 지붕까지 집을 구석구석 보여주었는데 완벽하지 않은 곳이 하나도 없어서 케아웨는 어안이 벙벙했다.

"정말이지 멋진 집이로군요. 만약 내가 이런 집에 산다면 하루 종일 웃음밖에 나오지 않을 것 같습니다. 그런데 선생님은 왜 그렇게 한숨을 계속 쉬시는지요?"

"아무 이유도 없다오. 당신도 바라기만 한다면 모든 면에서 이 집과 비슷하거나, 더 멋진 집을 가질 수도 있지, 암, 그렇고말고. 돈이 좀 있을 것 같은데, 그렇지 않소?"

"50달러 있습니다. 하지만 이런 집이라면 50달러는 넘을 것 같은데요."

케아웨가 말했다.

남자는 심사숙고를 했다.

"그거밖에 없다니 유감이오. 앞으로 문제가 생길 수도 있을 테니 말이오. 하지만 50달러에 주도록 하겠소."

"이 집을요?"

"아니, 이 집이 아니라 병 말이오. 사실은 말이지, 당신 눈에는 내

가 굉장히 부유하고 운이 좋은 것처럼 보이겠지만, 내 모든 재산과
이 집 자체와 정원은 1파인트* 정도밖에 안 되는 병에서 나온 거라
오. 이게 바로 그 병이오."

그는 자물쇠로 굳게 잠긴 곳을 열더니 배가 둥글게 나오고 목이
긴 병을 꺼냈다. 병을 만든 유리는 우유처럼 뿌옇다가 조금씩 무지
개색으로 색깔이 바뀌었다. 안에는 어떤 형상이 그림자와 불처럼
흐릿하게 움직였다.

"이게 그 병이라오."

남자가 말하자 케아웨가 웃음을 터뜨렸다.

"내 말이 믿어지지 않겠지? 그럼 당신이 직접 시험해보시오. 깨
뜨릴 수 있는지 보라고."

그래서 병을 받아 마루에 세게 내던진 케아웨는 이상한 기분이
들었다. 병은 아이들이 가지고 노는 공처럼 통통 튀어 오를 뿐 작은
흔적도 남지 않았다.

"이거 참 이상한 물건인데요. 눈으로 보나, 손으로 만져보나 유리
로 만든 게 분명한데요."

전보다 더욱 무겁게 한숨을 쉬면서 남자가 대답했다.

"유리가 맞소. 하지만 그 유리는 지옥의 불꽃 속에서 제련되었다
오. 우리 눈에 보이는, 그 안에서 움직이는 그림자가 병 안에 사는 악
마지. 적어도 나는 그렇게 생각하오. 악마는 누구든 이 병을 사는 사

---

* 약 0.5L 정도(옮긴이 주)

람의 명령에 복종한다오. 사랑이든, 명성이든, 돈이든, 이런 집이든, 아, 아니면 샌프란시스코 같은 도시든, 주인이 바라는 것을 입 밖으로 꺼내기만 한다면 모든 걸 이루어줘요. 나폴레옹도 이 병을 가졌고, 병의 도움을 받아 온 세상을 지배하는 왕이 되었다오. 하지만 마지막에는 병을 팔아버렸고, 그래서 몰락했지. 캡틴 쿡*도 이 병을 가졌고, 병의 힘으로 그렇게 많은 섬을 발견했다오. 하지만 그 역시 병을 팔았고, 하와이에서 살해당하는 신세가 되고 말았어. 왜냐면 일단 이 병을 팔고 나면 그 힘과 가호가 옮겨가기 때문이오. 그때 자기가 가진 것에 만족하지 않는다면 나쁜 일이 일어나고 만다오."

"그런데 선생님은 이 병을 팔겠다고요?"

케아웨가 말했다.

"나는 바라는 모든 걸 가졌고, 이젠 늙어가고 있어요. 악마가 해줄 수 없는 것이 딱 한 가지 있는데, 그건 바로 수명을 늘리는 일이라오. 그런데 이 병에는 문제가 하나 있소. 그걸 숨기는 건 공평하지 못한 일이겠지. 만약 이 병을 가진 사람이 죽기 전에 병을 다른 사람에게 팔지 못한다면 영원히 지옥불에서 타게 된다오."

"확실히 그건 큰 문제군요. 틀림이 없어요. 그런 일에는 끼어들지 않겠습니다. 집 같은 건 없어도 사는 데 지장이 없어요. 아, 다행한 일이지요. 하지만 내가 견딜 수 없는 게 단 하나 있는데, 그건 저주

---

* 유럽인들의 태평양에 대한 인식을 확장하고 지도를 제작하는 데 큰 업적을 남긴 18세기 영국 항해가(옮긴이 주)

를 받는 것이랍니다."

케아웨가 소리쳤다.

"아이구, 그렇게 허둥지둥 도망칠 필요는 없다오. 당신은 그저 악
마의 힘을 적당하게 사용하다가 내가 당신에게 팔듯이 적당한 사람
에게 팔아넘기고 안락하게 생을 마감하면 돼요."

"하지만 이상한 점이 두 가지나 있군요. 선생님이 내내 사랑에 빠
진 아가씨처럼 한숨을 쉰다는 게 그 첫 번째이고, 둘째로 이 병을 그
렇게 싸게 판다는 것이 이상합니다."

남자가 말했다.

"내가 한숨을 쉬는 이유는 벌써 설명을 했지요. 내 건강이 망가
지고 있기 때문이라오. 당신도 말한 것처럼 죽어서 악마에게 간다
는 건 누구에게나 불행한 일이기 때문이지. 그렇게 싸게 파는 데에
도 이유가 있어요. 이 병에는 괴이한 점이 하나 있다오. 아주 오래오
래 전에 악마가 이 병을 처음 지상으로 가져왔을 때는 말도 못하게
값이 비쌌고, 사제왕 존*이 몇백만 달러를 주고 처음으로 병을 샀소.
하지만 이 병은 손해를 보지 않고는 팔 수가 없어요. 산 가격만큼 받
고 팔면 병은 집으로 돌아가는 비둘기처럼 다시 돌아온다오. 몇백
년 동안 가격이 계속 내려간 덕분에 지금은 굉장히 싸졌소. 나는 이
언덕에 사는 훌륭한 이웃에게서 병을 샀는데, 내가 지불한 가격은

---

* 아프리카나 아시아 등 동방에 존재한다고 중세 사람들이 믿었던 거대하고 풍요
로운 기독교 왕국의 왕(옮긴이 주)

겨우 90달러였다오. 89달러 99센트에는 팔 수 있지만 그보다 한 푼이라도 더 받아서는 안 돼요. 안 그러면 병이 나에게로 돌아올 테니까. 자, 여기에는 두 가지 문제가 있어요. 우선, 그런 둘도 없는 병을 80 몇 달러에 팔겠다고 하면 사람들은 당신이 농담을 한다고 여길 게요. 두 번째는, 서두를 일은 아니지만 내가 관여할 문제는 아니지. 그저 현금을 받아야만 팔 수 있다는 걸 명심하시오.”

“선생님 말이 모두 사실이라는 걸 내가 어떻게 확인합니까?”

케아웨가 물었다.

“지금 당장 확인할 수 있는 것도 있지요. 당신이 가진 50달러를 내게 주고, 이 병을 가져요. 그리고 그 50달러가 다시 당신 주머니에 돌아오기를 바라는 거요. 그렇게 되지 않으면, 내 명예를 걸고 맹세하건대, 계약을 파기하고 당신 돈을 돌려주겠소.”

“사기를 치는 건 아니겠지요?”

케아웨가 묻자 남자는 대단히 엄숙하게 맹세했다.

“그럼 그 정도 위험은 감수하겠어요. 손해 볼 게 없겠는데요.”

케아웨는 이렇게 말한 다음 돈을 남자에게 주었고, 남자는 병을 건넸다.

“병 속의 악마야, 내 돈 50달러가 돌아왔으면 좋겠어.”

그 말이 떨어지기가 무섭게 케아웨의 주머니는 전과 마찬가지로 무거워졌다.

“정말 놀라운 병이로군요.”

“자, 훌륭한 친구, 좋은 아침이오. 악마도 나를 위해 당신이 가져가시오!"

"잠깐만요. 이런 장난은 이제 그만할래요. 여기 있어요. 병 가져
가세요."

남자가 손을 문지르며 대답했다.

"당신은 내가 샀던 가격보다 싸게 샀어요. 이제 당신 거요. 내 입
장에서 말하자면 이제 당신이 병을 샀으니 그걸 가지고 얼른 떠나
주면 좋겠소."

그러더니 남자는 중국 하인을 불러 케아웨를 배웅하게 했다.

길거리로 나온 케아웨는 겨드랑이에 병을 끼고 생각을 하기 시작
했다.

'이 병에 대한 이야기가 전부 사실이라면 나는 손해 보는 거래를
한 건지도 몰라. 하지만 그 사람이 그냥 농담을 한 건지도 모르지.'

우선 그는 돈을 세었다. 정확하게 미국 돈 49달러와 칠레 돈 1달
러였다.

"정말인 것 같은데. 그럼 다른 것도 시험해봐야지."

케아웨가 중얼거렸다.

그 구역의 거리는 배 갑판처럼 깨끗했고, 정오 무렵이었는데도
다니는 사람이 없었다. 케아웨는 병을 도랑에 넣고 그 자리를 떠났
다. 두 번이나 뒤를 돌아보았지만, 배가 둥글게 나온 우윳빛 병은 그
자리에 그대로 있었다. 세 번째로 뒤를 돌아보고 모퉁이를 돌기가
무섭게 무언가가 팔꿈치를 찔렀다. 보라! 둥근 배는 선원용 재킷의
주머니에 쑤셔 박힌 채 병의 긴 목이 불쑥 튀어나와 있었다.

142

"진짜 정말인 것 같은데."

그다음으로 그는 가게에서 코르크 마개뽑이를 사서 인적이 없는 들판으로 갔다. 그리고 코르크를 뽑으려고 애썼지만 마개뽑이는 넣을 때마다 튕겨 나왔고, 코르크는 전과 마찬가지로 멀쩡했다.

"아마 새로 나온 신형 코르크인가봐."

케아웨는 소리 내어 말했지만 갑자기 오한이 들더니 식은땀이 흐르기 시작했다. 그는 그 병이 무서워졌다.

항구 쪽으로 가는 길에 무인도에서 가져온 곤봉과 조가비, 오래된 이방인들의 신상, 옛날 동전, 중국과 일본에서 온 그림을 비롯해 선원들이 가져올 법한 모든 물건들을 파는 가게가 보였다. 여기서 한 가지 생각이 떠올랐다. 그는 가게로 들어가 병을 100달러에 팔겠다고 했다. 가게의 주인 남자는 처음에는 그를 비웃으며 5달러를 주겠다고 했다. 하지만 그 병이 정말로 신기한 물건이었고, 인간이 만든 작품으로 그런 유리는 만들어진 적이 없었다. 우윳빛 아래 무지개색이 너무나 예쁘게 반짝거렸으며, 가운데서 너울거리는 형상이 굉장히 이상야릇했기 때문에 나름대로 잠시 말씨름을 벌인 후 가게의 남자는 케아웨에게 물건 값으로 은화 60달러를 주고 병을 쇼윈도 한가운데 선반에 진열했다.

"자, 내가 50달러, 아니 사실은 그보다 조금 적게 주고 산 병을 60달러에 팔았어. 1달러는 칠레 것이니까 말이지. 이제 다른 쪽 진실을 알게 될 거야."

케아웨가 중얼거렸다.

배로 돌아온 케아웨가 자신의 사물함을 열자 병이 들어 있었다. 그보다 더 빨리 온 것이었다. 케아웨에게는 로파카라는 이름을 가진, 같은 배에 탄 친구가 있었다.

"저 상자에 뭐가 들었기에 그렇게 고민하는 거야?"

로파카가 말했다.

앞갑판 아래 선원실에는 단 둘만 있었고, 케아웨는 그에게 비밀을 지키겠다고 맹세하게 한 다음 모든 이야기를 들려줬다.

"정말 이상한 이야기야. 이 병 때문에 자네가 곤란한 처지에 빠지지 않을까 걱정이 되는군. 하지만 한 가지 아주 분명한 건 있어. 이미 화근거리가 자네에게 있으니 그 거래에서 이득을 좀 보는 건 어떤가. 무엇을 원하는지 결정해서 명령을 해. 그래서 자네가 원하는 대로 이루어진다면 내가 그 병을 사지. 나에게는 범선을 사서 섬들을 오가는 무역업을 하고 싶은 꿈이 있으니 말이야."

"나는 그런 건 바라지 않아. 내가 바라는 건 고향인 코나 해변에 아름다운 집과 정원을 갖는 거야. 문가에는 햇볕이 빛나고, 꽃이 핀 정원과 유리를 끼운 창문과 그림이 걸린 벽과 장식품이 놓인 탁자와 아름다운 양탄자가 있는, 그래, 꼭 내가 오늘 들어가본 것과 같은 집 말이야. 그저 그 집보다 한 층 더 높고, 왕의 궁전처럼 발코니가 사방에 있었으면 해. 그런 집에서 아무런 근심 없이 살면서 친구들과 친척들과 더불어 웃고 즐기는 게 내 바람이야."

"좋아. 이제 이걸 가지고 하와이로 돌아가세. 자네가 바라는 대로 모두 이루어진다면 말한 것처럼 내가 병을 사서 범선을 달라고 할 거야."

그들이 합의를 한 뒤 얼마 지나지 않아 케아웨와 로파카와 병을 실은 배가 호놀룰루로 돌아갔다. 상륙하자마자 그들은 해변에 있던 친구를 만났다. 친구는 곧바로 케아웨에게 위로의 말을 꺼냈다.

"왜 위로를 받는지 모르겠는데."

"못 들었단 말이야? 자네 삼촌, 그 훌륭한 양반이 돌아가시고, 예쁜 자네 사촌동생 아이가 바다에 빠져 죽었다는 소식을?"

케아웨는 너무 슬퍼서 눈물을 흘리고 애도하느라 그 병을 잊어버렸다. 하지만 로파카는 곰곰이 생각하다가 이제 케아웨의 슬픔이 조금 가라앉은 듯하자 물었다.

"생각해봤는데 말이야, 자네 삼촌이 하와이의 카우 구역에 땅을 가지고 있었지 않던가?"

"아니야. 카우는 아니고. 삼촌의 땅은 산 쪽에 있어. 후케나에서 조금 남쪽으로."

"이제 그 땅은 자네 것이 되겠군."

"그렇겠지."

케아웨는 대답하더니 다시 삼촌과 사촌동생을 애도하기 시작했다.

"아니야. 지금은 애도를 할 때가 아니야. 어떤 생각이 났는데 말이지. 이게 병이 한 짓이 아닐까? 지금 자네 집을 지을 땅이 생긴 걸 보면 그런 것 같아."

"만약 그렇다면, 내 친척을 죽여서 내 부탁을 들어주다니 정말이지 비열한 방식이야. 하지만 어쩌면 정말로 그럴지도 모르지. 내가 마음의 눈으로 보았던 집이 바로 그런 위치에 있었으니까."

케아웨가 소리쳤다.

"하지만 그 집은 아직 지어지지 않았어."

"그렇지. 그리고 앞으로 지을 수 있을 것 같지도 않아. 삼촌이 커피와 바나나를 조금 키우긴 하지만 나 혼자 입에 풀칠할 정도밖에 되지 않을걸. 그리고 나머지 땅은 화산암 지대야."

"변호사에게 가보자. 아직 그 생각이 머리에서 떠나지 않아."

변호사를 만난 그들은 케아웨의 삼촌이 말년에 엄청나게 부자가 되었다는 사실을 알게 되었다. 한 재산이라고 할 만한 돈이었다.

"자, 이제 그 집을 지을 돈이 생겼어!"

로파카가 외쳤다.

"집을 새로 지을 생각이라면 새로 온 건축가 명함을 여기 드리지요. 평판이 굉장하더군요."

변호사가 말했다.

"점점 더! 모든 게 분명해지는군. 자, 계속 따라가보자고."

그 길로 그들은 건축가를 만나러 갔고, 그의 탁자 위에는 집 도면이 여러 장 놓여 있었다.

"외딴곳에 있는 집을 원하시는군요."

건축가는 말하면서 도면을 한 장 케아웨에게 건넸다.

"이런 집은 어떠신가요?"

도면에 눈길을 준 케아웨는 비명을 질렀다. 그가 생각했던 집이 완벽하게 그려져 있었다.

'나는 이 집에 홀딱 반했어. 이루어지는 방식은 정말 싫지만 이 집에는 홀딱 반했어. 악마에게서라도 행운을 받아들이는 수밖에.'

케아웨는 이렇게 생각하고 건축가에게 자신이 원하는 바를 모두 말했다. 어떤 가구를 갖출지, 어떤 그림을 벽에 걸지, 자질구레한 장식품들은 어떻게 갖출지, 모두 말한 다음 전부 다해서 얼마나 들겠는지 솔직하게 물었다.

건축가는 많은 질문을 하더니 펜을 들고 계산을 했다. 계산을 모두 마친 후 그는 케아웨가 물려받은 액수와 정확하게 일치하는 금액을 불렀다.

로파카와 케아웨는 서로 마주 보았고, 고개를 끄덕였다.

'어느 쪽이든 내가 이 집을 갖게 되는 건 분명해졌어. 악마에게서 나온 집이니 나에게 별로 좋은 일이 되지 않을까 봐 두려워. 한 가지 확실한 건 이 병을 가지고 있는 동안에도 앞으론 어떤 소원도 빌지 않을 거라는 사실이야. 하지만 그 집을 갖는 것만으로도 악마에게서 행운을 받아들이는 것이겠지.'

케아웨는 이렇게 생각하고 건축가와 계약을 했다. 그들은 계약서에 서명했고, 케아웨와 로파카는 다시 배를 타고 오스트레일리아로 항해를 떠났다. 둘이 건축가를 일절 방해하지 않고 집을 짓고 꾸미는 일을 건축가와 병 속 악마 뜻대로 맡기기로 합의했기 때문이었다.

항해는 훌륭했지만 케아웨는 혹시라도 다른 소망을 말해서 악마의 덕을 입는 일이 없도록 내내 주의했다. 하와이로 돌아가자 시간이 다 되었다. 건축가는 집의 준비가 다 끝났다고 말했고, 케아웨와 로파카는 케아웨가 머릿속에 그렸던 그대로 모든 것이 준비되었는지 확인하러 코나 길을 따라 집을 보러 갔다.

집은 산 중턱에 있어서 지나가는 배에서도 보였다. 위로는 울창한 숲이 비구름을 뚫고 우뚝 솟았고, 아래로는 옛 왕들이 묻혀 누운 골짜기로 검은 화산암이 낭떠러지를 이뤘다. 집 주변 정원에는 다양한 색의 꽃들이 만발했고, 한쪽으로는 파파야 과수원이, 다른 쪽으로는 빵나무 과수원이 있었으며, 바다를 향한 정면 지붕에는 깃발이 달린 배의 돛대가 세워졌다. 집으로 말할 것 같으면, 삼층으로 커다란 방마다 넓은 발코니가 딸려 있었다. 창문은 유리였는데, 얼마나 질이 훌륭했는지 물처럼 투명하고 햇살처럼 빛났다. 방방마다 모든 형태의 가구들로 장식되었다. 배며, 싸우는 사람들이며, 가장 아름다운 여인들이며, 기이한 곳들을 그린 그림들은 금색 액자에 걸렸다. 케아웨의 집에 걸린 그림들보다 더욱 밝은 색깔을 가진 그림은 세상 어느 곳에도 없을 것이었다. 장식품들로 말하자면, 엄청나게 정교했다. 괘종시계와 오르골, 고개를 끄덕거리는 작은 사람 모양 인형, 그림이 많이 실린 책, 세상 온갖 곳에서 가져온 값비싼 무기, 그리고 고독한 남자의 여가를 달래어줄 가장 훌륭한 퍼즐들이 있었다. 그런 방에 산다면 누구라도 아무런 근심 걱정 없이 방들을 거닐며 바라보기만 해도 좋을 것 같았다. 발코니들은 어찌나 넓은지 마을 사람들 전체가 몰려온다 해도 즐겁게 살 수 있을 듯했다. 케아웨는 육지의 미풍이 불고 과수원과 화단이 보이는 뒷베란다와,

바닷바람을 들이켤 수 있고 가파른 낭떠러지와 후케나와 펠레 언덕 사이를 일주일에 한 번 정도 오가는 홀 호나 목재와 바나나를 해안에 부리는 범선을 내려다볼 수 있는 정면 발코니 중에서 어느 쪽이 더 마음에 드는지 결정하기 어려웠다.

집을 전부 돌아본 케아웨와 로파카는 베란다에 앉았다.

"자, 말해보게. 자네가 원하는 게 그대로 이루어졌나?"

로파카가 물었다.

"말할 필요도 없어. 내가 꿈꿨던 것보다 더 나아. 너무나 만족스러워 머리가 이상해질 것 같을 정도야."

케아웨가 대답했다.

"하지만 한 가지 고려해야 할 게 있어. 어쩌면 이 모든 게 그냥 자연스럽게 일어난 일일지도 모르지. 병 속 악마는 아무것도 한 일이 없고. 내가 그 병을 샀다가 결국 범선은 얻지 못하는 꼴이 된다면 아무 짝에도 쓸모없는 것 때문에 불구덩이에 손을 집어넣는 격이야. 자네에게 약속을 했다는 건 알아. 하지만 제발 부탁이니 한 가지 증거만 더 보여주게."

"더는 그 물건에게서 덕을 입지 않겠다고 맹세했어. 이 정도면 충분히 연관되었다고."

"내가 생각하는 건 자네에게 덕이 되는 게 아니야. 그냥 악마를 보자는 거니까. 그래서 얻을 수 있는 건 아무것도 없으니 맹세를 깨뜨렸다고 수치스러워하지 않아도 돼. 하지만 나로서는 악마를 한번 본다면 전부 확신을 할 수 있을 거야. 그러니 내 부탁을 들어주게.

악마를 보여줘. 그리고 나서 내 손에 쥐고 있는 이 돈으로 병을 사기
로 하지."

"내가 유일하게 두려운 게 바로 그거야. 악마가 너무나 추악하게
생겨서 자네가 악마를 보고 나면 그 병을 사는 게 끔찍해질지도 모
르잖아."

"남아일언 중천금일세. 자, 이 돈은 우리 가운데에 두도록 하지."

"그렇다면 좋아. 나 자신도 궁금하니까. 자, 나와봐, 악마 씨, 네 모
습을 보여줘."

말이 떨어지기가 무섭게 악마가 병 밖으로 얼굴을 내밀었다가 다
시 들어갔다. 도마뱀처럼 재빨랐다. 케아웨와 로파카는 돌처럼 굳
었다. 밤이 다 될 때까지 둘은 아무 생각도, 아무 말도 할 수 없었다.
그러다 로파카가 돈을 내밀고 병을 가져갔다.

"나는 약속을 지키는 사람이야. 그리고 그래야만 해. 그렇지 않
다면 발로도 이 물건은 건드리기 싫을 테니까. 음, 범선이 생기고,
주머니에 돈이 몇 푼 생기는 대로 악마를 되도록이면 빨리 치워버
려야겠어. 솔직히 있는 그대로 말하자면 그 모습을 보니까 토할 것
같아."

"로파카, 제발 나를 나쁘게 생각하지 말아주게. 지금이 밤이란 것
도, 길이 좋지 않다는 것도, 무덤 옆으로 난 길이라 이렇게 늦은 시
간에 지나가기에는 기분 나쁠 거라는 것도 다 알아. 하지만 그 작은
얼굴을 본 이상 그것이 멀리 사라지기 전에는 밥을 먹을 수도, 잠을
잘 수도, 기도를 할 수도 없어. 램프와 병을 넣을 바구니를 주겠네.

그리고 내 집에서 자네 마음에 드는 게 있다면 그림이든, 아름다운 물건이든, 뭐든 다 가져가게. 그리고 제발 지금 당장 나가줘. 후케나 에서 나히누와 함께 자게."

"케아웨, 자네 이야기를 기분 나쁘게 받아들일 사람들이 많을 걸 세. 게다가 나는 자네에게 모든 호의를 베풀었고, 자네와의 약속을 지키려고 이 병까지 샀어. 그런데도 자네는 이렇게 깜깜한 밤중에 무덤들 사이로 난 길을 나서라고 하는군. 양심에 거리끼는 죄를 짓 고, 그런 병을 옆에 낀 사람에게는 열 배는 위험할 길을 말이야. 하 지만 나 역시 너무나 무서워서 완전히 질렸기 때문에 자네를 비난 할 여유가 없어. 좋아, 그럼 나는 가겠네. 부디 자네 집에서 행복하 기를, 내가 운이 좋아 범선을 얻을 수 있기를, 그리고 악마와 병에도 아랑곳하지 않고 우리 둘 다 마지막에는 천국에 닿을 수 있기를 기 도하겠네."

그렇게 로코카는 산을 내려갔다. 케아웨는 정면 발코니에 서서 말 발굽이 따그닥거리는 소리를 들으며 램프 불빛이 길을 따라, 옛날 사람들이 묻혀 있는 동굴들이 있는 절벽을 따라 내려가는 것을 지켜 보았다. 그는 내내 몸을 떨며 양손을 꼭 쥐고 친구를 위해 기도하고 하느님께 영광을 돌리며 마침내 그 괴로움을 이겨낼 수 있었다.

다음 날 아주 맑은 날씨로 날이 밝자 새집이 너무나도 마음에 드 는 나머지 그는 공포심을 잊어버렸다. 하루하루 케아웨는 그 집에 서 늘 즐거운 나날을 보냈다. 그는 뒷베란다에 마음에 드는 자리를 마련하고 거기서 밥을 먹고 살았으며, 호놀룰루 신문에 실린 기사들을 읽었다. 지나가던 사람들은 누구든 안으로 들어와 방과 그림들을 구경할 수 있었다. 그래서 그 집은 널리 유명해졌다. 집은 코나 전체에서 굉장한 저택이라는 뜻의 카 할레 누이라고 불렸다. 가끔은 빛나는 집이라고도 불렸다. 케아웨가 중국인 하인을 들여 하루 종일 먼지를 떨고 닦게 한 덕분에 유리와 금박과 아름다운 물건들과 그림들이 아침 햇살처럼 반짝거렸기 때문이었다. 케아웨 자신은 방을 거닐 때마다 노래가 절로 나왔고, 가슴이 부풀어 근처 바다를 지나는 선박이 있으면 돛대에 그의 깃발을 휘날리게 하곤 했다.

그러던 어느 날 케아웨는 친구들을 만나러 멀리 카일루아까지 나갔다. 거기서 그는 융숭한 대접을 받았고, 다음 날 아침이 되자마자 길을 나서 열심히 말을 달렸다. 아름다운 집을 보고 싶어 참을 수 없기도 했지만, 죽은 옛사람들이 코나 지역을 돌아다니는 밤이 다가오고 있었기 때문이다. 이미 악마와 얽힌 적이 있었기에 그는 죽은 사람들을 만나는 게 더욱 꺼려졌다. 호나우나우를 지난 지 얼마 되지 않아 저 멀리를 바라보던 케아웨에게 바다 언저리에서 목욕을 하고 있는 여인이 보였다. 양갓집 규수처럼 보였지만 그 이상 아무런 생각도 들지 않았다. 그러다가 그는 옷을 걸치는 그녀의 하얀 블라우스와 빨강 홀로쿠*가 나부끼는 모습을 보았다. 그리고 그가 가까이 갔을 무렵 그녀는 옷매무새를 가다듬고 바다에서 나와 빨강 홀로쿠에 쓸려 생긴 자취 옆에 서 있었다. 갓 목욕을 마친 그녀는 상

---

* 하와이 전통 드레스(옮긴이 주)

쾌해 보였고, 반짝이는 눈은 상냥했다. 그녀 모습을 본 케아웨는 즉시 말고삐를 잡아당겼다.

"이 나라 사람들이라면 다 안다고 생각했는데, 어째서 당신을 모를까요?"

케아웨가 말했다.

"저는 키아노의 딸인 코쿠아예요. 오아후에서 막 돌아왔답니다. 당신은 누구신가요?"

아가씨가 말했다.

"내가 누군지는 곧 말씀드리지요."

말에서 내리며 케아웨가 말했다.

"지금 당장은 말고요. 한 가지 생각이 드는 게 있거든요. 내가 누군지 말을 하면 아가씨는 아마 내 이름을 들어본 적이 있을 겁니다. 그래서 진실한 대답을 하지 않을지도 모르지요. 하지만 우선 한 가지만 말해줘요. 당신은 결혼했나요?"

이 질문에 코쿠아는 크게 웃음을 터뜨렸다.

"질문은 당신이 하고 있잖아요. 당신은 결혼했나요?"

"코쿠아, 난 절대로 결혼하지 않았답니다. 지금 이 순간까지는 결혼을 하고 싶은 생각도 없었고요. 하지만 여기 자명한 진실이 있어요. 난 길가에서 당신을 만났고, 별처럼 반짝이는 당신 눈을 보자마자 내 마음이 새처럼 눈 깜짝할 사이에 당신을 향했어요. 그러니 당신이 나를 조금도 원치 않는다면 지금 당장 그렇게 말해요. 그러면 그냥 집으로 돌아가겠습니다. 하지만 다른 젊은이들보다 나쁠 게 없다고 생각한다면 그것도 말해줘요. 그러면 길을 돌려 당신 아버지 집으로 가서 밤을 보내고 내일 당신 아버지와 상의하겠어요."

코쿠아는 아무 말도 하지 않고 바다를 보며 웃었다.

"코쿠아, 당신이 아무 말도 하지 않는다면 긍정적인 대답으로 받아들일 겁니다. 자, 당신 아버지 집으로 갑시다."

그녀는 몇 발자국 앞서 걸어가면서도 아무런 말도 하지 않았다. 그저 가끔 뒤돌아봤다가 다시 시선을 돌렸으며 모자의 밀짚을 입에서 빼지 않았다.

그들이 집에 도착했을 때 키아노가 베란다에서 나와 케아웨의 이름을 외치며 환영했다. 그 이름에 그녀는 그를 훑어보았다. 커다란 저택의 명성은 그녀의 귀로도 들은 적이 있었고, 확실히 대단히 유혹적이었다. 그날 저녁 내내 그들은 함께 즐거운 시간을 보냈고, 아가씨는 부모의 눈길 아래 대담하게 굴며 케아웨를 놀렸다. 그녀의 재치는 대단했다. 다음 날 그는 키아노와 상의를 한 다음 아가씨가 혼자 있는 것을 발견했다.

"코쿠아, 어제저녁 내내 당신은 나를 놀렸지요. 이제 작별을 고해야 할 시간입니다. 내가 누군지 말을 하지 않았던 것은 내 집이 굉장히 멋지기 때문이었습니다. 당신이 그 집만 생각하고, 당신을 사랑하게 된 남자에 대해서는 생각하지 않을까 봐 두려웠어요. 이제 당신은 모든 것을 알게 되었지요. 앞으로 나를 다시 보고 싶지 않다면 지금 당장 그렇게 말해요."

"아니요."

코쿠아가 이번에는 웃지 않았고, 케아웨도 더는 질문을 하지 않았다.

케아웨의 청혼이었다. 모든 일이 빠르게 진척되었다. 그러나 빨리 날아가는 화살도, 그보다 더 빠른 총알도 과녁을 맞히게 마련이다. 빠르기도 했지만, 깊이도 진척되었다. 케아웨 생각이 아가씨의 머리를 떠나지 않았다. 화산암 구멍으로 밀려드는 파도에서 케아웨의 목소리가 들렸고, 겨우 두 번밖에 보지 않은 이 젊은이를 위해서라면 아버지와 어머니와 고향 섬을 떠날 수 있을 것 같았다. 케아웨는 어땠냐 하면 무덤들이 있는 절벽 아래 난 산길을 날 듯이 말을 달렸다. 말발굽 소리와 케아웨가 기뻐서 부르는 노랫소리가 죽은 자들의 동굴에 메아리쳤다. 빛나는 집에 도착했을 때까지도 그는 노래를 부르고 있었다. 넓은 발코니에 앉아 그가 밥을 먹는 동안 중국인 하인은 음식을 입에 가득 물고 어떻게 노래를 부를 수 있는지 궁금해했다. 해가 바닷속으로 가라앉고 밤이 왔다. 케아웨는 램프 불빛에 의지해 발코니를 거닐었고, 높은 산에서 들리는 그의 노랫소리는 배를 타고 지나는 사람들을 깜짝 놀라게 했다.

"고지대의 내 집에 있자니 이보다 더 나은 삶이 있을까 싶어."

그는 혼잣말을 했다.

"여기가 산꼭대기야. 이보다 더 좋을 수는 없을 것 같아. 처음으로 방에 불을 밝혀야지. 그리고 멋진 욕실에서 뜨거운 물과 차가운 물로 목욕을 한 다음 신부의 방에서 오늘은 혼자 자야겠다."

명령을 받은 중국 하인은 자다가 일어나 난로에 불을 지폈다. 아래층 보일러 옆에서 분주하게 일을 하는 그에게 주인이 위층 불을 밝힌 방에서 기쁨에 겨워 노래를 부르는 소리가 들렸다. 물이 뜨겁게 데워지자 중국 하인이 주인에게 소리쳐 알렸고, 케아웨는 욕실로 갔다. 대리석으로 만든 욕조를 채우는 동안에도 주인이 흥얼거리고, 또 흥얼거리는 소리가 중국 하인에게 들렸다. 옷을 벗으면서 군데군데 끊기던 노랫소리가 갑자기 멈췄다. 중국 하인은 귀를 기울이고, 또 기울였다. 하인은 케아웨가 괜찮은지 소리를 질러 물었다. 케아웨는 "그렇다"고 대답하고 하인에게 잠자리에 들어도 좋다고 했다. 하지만 그 후로도 빛나는 집에 노랫소리는 들리지 않았다. 그리고 중국 하인은 밤새도록 주인의 발이 쉬지 않고 발코니를 맴도는 소리를 들었다.

자, 사실 이야기는 이랬다. 목욕을 하려고 옷을 벗던 케아웨는 바위에 낀 이끼처럼 보이는 얼룩이 피부에 생긴 것을 알아차렸다. 노래를 멈춘 것이 바로 그때였다. 그런 종류의 얼룩이 무엇을 뜻하는지, 그가 문둥병에 걸렸다는 걸 알았기 때문이었다.

물론 어떤 사람이라 해도 이 병에 걸리는 것은 슬픈 일이었다. 그리고 그토록 아름답고 널찍한 집과 모든 친구들을 떠나 깎아지른 절벽에 거센 파도가 몰아치는 북쪽 몰로카이 해안으로 가야 한다는 건 어떤 사람이라 해도 슬플 터였다. 하지만 이 남자 케아웨는 거기에 더해 바로 어제 사랑하는 사람을 만났고, 오늘 아침 그녀의 마음을 얻었다. 그런데 바로 지금 모든 희망이 한순간에 유리조각처럼 산산이 부서지는 것을 보았다.

잠시 욕실 가장자리에 주저앉았던 그는 벌떡 일어나 비명을 지르며 바깥으로 뛰쳐나갔다. 그는 절망에 빠진 사람처럼 발코니를 따라 이리저리, 여기저기 서성거렸다.

'기쁜 마음으로 나는 조상들의 고향인 하와이를 떠날 수 있었을 거야. 가벼운 마음으로 내 집을 떠날 수 있었을 거야. 산맥 고지대에 있는, 창문이 많은 이 집을. 용감하게 내 조상들에게서 멀리 떨어져 몰로카이로, 즐비한 절벽 사이의 칼라우파파로 가서 병자들과 함께 살 수 있었을 거야. 하지만 도대체 내가 무슨 잘못을 저질렀단 말인가? 내 영혼에 무슨 죄가 있길래 그 저녁에 바다에서 상쾌하게 나오던 코쿠아를 마주쳤단 말인가? 코쿠아, 나를 사로잡은 이여! 코쿠아, 내 인생의 빛이여! 절대로 그녀와 결혼하지 못하겠지. 다시는 그녀를 보지 못하겠지. 사랑에 넘치는 내 손으로 다시는 그녀를 잡진 못하겠지. 내가 비탄에 잠기는 건 이것 때문이야. 당신 때문이야, 오, 코쿠아!'

케아웨는 생각했다.

자, 이제 여러분은 케아웨가 어떤 사람인지 알 수 있을 것이다. 그는 오랫동안 빛나는 집에 살면서 아무에게도 병을 알리지 않을 수 있었다. 하지만 코쿠아를 잃어야 한다면 그런 생각은 할 필요도 없었다. 또 어쩌면 돼지 같은 영혼을 가진 다른 많은 사람이 그렇듯이 코쿠아에게 아무것도 알리지 않고 결혼할 수도 있었다. 하지만 케아웨는 남자다운 마음으로 그 아가씨를 사랑했기 때문에 그녀를 다치게 하거나 위험에 빠지게 할 수 없었다.

자정이 조금 지났을 때 그는 그 병을 떠올렸다. 그는 뒷베란다로 돌아가서 악마가 고개를 내밀었던 날의 기억을 되살렸다. 그 생각을 하자마자 모골이 송연해졌다.

'끔찍한 물건이었어. 그리고 악마도 끔찍했지. 지옥불의 위험을 무릅쓰는 것도 끔찍해. 하지만 병을 치료해서 코쿠아와 결혼할 희망이 그 외엔 없는걸. 어떡하지! 이 집을 가지려고 악마를 한 번 참았는데 코쿠아를 얻기 위해 다시 한번 직면하지 못할 건 뭐람.'

거기서 그는 호놀룰루에 돌아가는 홀 호가 다음 날 들른다는 것을 떠올렸다.

'우선 거기에 가서 로파카를 만나야겠어. 지금으로선 그토록 기꺼운 마음으로 치워버렸던 그 병이 유일한 희망이니.'

그는 한숨도 자지 못했고, 음식은 목구멍에 걸리는 것 같았다. 하지만 그는 키아노에게 편지를 보내고 기선이 들어올 무렵 무덤 절벽 옆의 길을 따라 말을 달렸다. 비가 내렸고 말의 발걸음이 무거웠다. 그는 시커먼 동굴 입구들을 올려다보며 거기 잠들어 모든 괴로움에 종지부를 찍은 사람들을 부러워했다. 전날 말을 타고 이 길을 달렸던 것을 떠올리며 놀랐다. 그렇게 그는 후케나로 갔다. 언제나 그렇듯이 온 나라 이곳저곳에서 온 사람들이 기선을 기다리며 모여들었다. 가게 앞 오두막에 모인 사람들은 앉아서 농담을 하며 소식들을 주고받았지만 어떤 이야기도 케아웨의 가슴에는 들어오지 않았다. 사람들 한가운데 앉아 집집마다 떨어지는 빗방울과 바위에 몰려드는 파도도 본척만척하면서 그는 깊은 한숨을 쉬었다.

"빛나는 집의 케아웨가 정신이 나갔나 봐."

사람들이 수군거렸다. 사실이 그랬으니 별로 놀랍지도 않았다.

홀 호가 도착했고, 그는 보트를 타고 배에 올랐다. 배 뒤에는 화산을 구경하러 온 외국 사람들이 가득했고, 중간에는 카나카 사람들로 만원이었으며, 앞부분에는 힐로와 야생 수소들과 카우의 말들이 잔뜩 실렸다. 하지만 케아웨는 혼자만의 슬픔에 빠져 홀로 앉아 키아노의 집을 바라보았다. 검은 바위들이 늘어선 해안가, 코코아 야자가 그늘을 드리운 문가에 빨강 홀로쿠를 걸친 사람이 파리처럼 부지런하게 왔다 갔다 서성대는 모습이 파리만 한 크기로 보였다.

"아, 내 마음의 여왕이여! 당신을 얻기 위해서라면 내 소중한 영혼도 걸 수 있어!"

그가 외쳤다.

곧 어둠이 내렸고 선실에 불이 밝혀지자 외국 사람들은 습관처럼 카드놀이를 하고 위스키를 마셨지만, 케아웨는 밤새도록 갑판을 거닐었다. 그리고 다음 날 마우이 또는 몰로카이의 그림자를 따라 증기를 뿜으며 배가 항해하는 동안에도 그는 동물원 우리에 갇힌 야생 짐승처럼 이리저리 서성거렸다.

저녁이 되어갈 무렵 다이아몬드 헤드를 지나 호놀룰루 부두에 도착했다. 케아웨는 사람들 틈에 끼여 배에서 내렸고, 로파카를 찾기 시작했다. 그는 이 일대의 섬들에서 가장 훌륭한 범선을 갖게 되어 폴라폴라나 카히키처럼 먼 곳으로 모험을 떠난 것 같았다. 그러니 로파카에게서 병을 찾으리란 희망은 없었다. 케아웨는 시내에서 변호사를 하고 있는 로파카의 친구(그 사람 이름은 밝힐 수가 없다)를 떠올리고 그에 대해 수소문했다. 사람들이 말하기를 그가 갑자기 부유해지더니 와이키키 해변에 멋진 새 집을 갖게 되었다고 했다. 케아웨는 머리에 떠오르는 생각이 있어 마차를 불러 변호사의 집으로 갔다.

집 전체가 번쩍번쩍했고, 갓 심은 듯한 정원 나무들은 지팡이만 했으며, 나타난 변호사는 굉장히 만족스러워하는 분위기가 풍겼다.

"무슨 도움이 필요하십니까?"

변호사가 말했다.

"로파카의 친구분이 맞으시지요? 로파카가 제게서 사간 물건이 있는데 선생님이 그걸 찾는 데 도움을 주실 수 있을 것 같아서 왔습니다."

변호사의 안색이 시커매졌다.

"케아웨 씨, 당신 말씀을 못 알아듣는 척하지 않겠습니다. 끼어들고 싶지 않은 일이긴 하지만요. 제가 아무것도 모른다는 건 아실 겁니다. 하지만 한 가지 생각나는 것은 있습니다. 끼워 맞춰보면 아실 수 있지 않을까요?"

그리고 그는 한 남자의 이름을 입에 올렸는데, 그 이름 역시 이 글에서는 언급하지 않는 게 좋겠다. 그런 식으로 케아웨는 여러 날에 걸쳐 이 사람 저 사람을 오가면서 어디서나 새 옷과 마차와 멋진 새 집과 대단히 만족스러워하는 사람들을 보았다. 그의 용건을 밝힐 때마다 그들의 안색이 어두워지긴 했지만.

'제대로 찾고 있는 게 확실해. 이런 새 옷이랑 마차는 모두 조그만 악마의 선물이겠지. 그리고 그 기쁜 얼굴들은 이익만 취하고 병을 안전하게 없앴다는 뜻일 테고. 창백한 얼굴과 한숨 소리를 찾으면 그때가 바로 병 근처겠지.'

마침내 그는 베리타니아 거리에 사는 한 외국인의 이름을 듣게 되었다. 저녁 식사 시간이 되었을 무렵 그 집 현관에 도착하자 언제나 그랬듯이 새 집과 만든 지 얼마 되지 않은 정원과 창문 안의 전등 불빛이 눈에 들어왔다. 하지만 주인이 모습을 드러냈을 때 케아웨에게 희망과 두려움이 교차했다. 나타난 젊은이는 시체처럼 창백했고, 교수대에 목이 매달릴 날짜를 받아놓은 사람이 지을 법한 표정을 하고 있었다.

'여기 있구나. 확실해.'

케아웨가 생각했다. 그래서 그는 지체하지 않고 용건을 밝혔다.

"병을 사러 왔습니다."

그가 말했다.

말이 떨어지자 베리타니아 거리의 젊은 외국인은 현기증이 난 듯 비틀거리며 벽에 몸을 기댔다.

"병!"

그는 숨을 몰아쉬었다.

"그 병을 산다고요?"

숨이 막힌 듯한 주인은 케아웨의 팔을 잡더니 방으로 안내하고 포도주를 두 잔 따랐다.

"우선 인사를 드립니다."

살면서 외국인을 접한 경험이 많은 케아웨가 말했다.

"맞아요. 병을 사러 왔습니다. 지금은 가격이 얼맙니까?"

그 말에 젊은 주인의 손가락 사이로 잔이 미끄러졌다. 그는 케아웨를 귀신이라도 되는 것처럼 보았다.

"가격 말이지요. 가격! 가격이 얼마인지 모르신다는 말입니까?"

"그래서 지금 묻고 있지 않습니까? 그런데 왜 그렇게 괴로운 얼굴입니까? 가격에 무슨 문제라도 있나요?"

"케아웨씨, 당신이 팔았던 때로부터 값이 무척 많이 내려갔습니다."

그가 더듬더듬 말했다.

"아, 음, 하지만 그래도 더 싸게 살 여지는 남아 있겠지요. 당신은 얼마를 냈습니까?"

젊은이의 얼굴은 유령처럼 창백했다.

"2센트를 주고 샀습니다."

"뭐라고요? 2센트라고요? 그렇다면 1센트에밖에 팔 수가 없겠군요. 그리고 그렇게 사는 사람은……."

뒷말은 케아웨의 입에서 나오지 못했다. 그렇게 사는 사람은 절대로 다시 팔 수가 없다. 병과 병의 악마는 죽을 때까지 그의 옆에 있다가 죽으면 붉은 지옥의 종말로 그를 인도할 것이다.

베리타니아 거리의 젊은이는 털썩 무릎을 꿇었다.

"제발 사주십시오! 제 재산도 전부 드리겠습니다. 그 값에 그 병을 살 생각을 했다니 제가 미쳤었습니다. 제 가게에서 돈을 횡령했다가 들켰거든요. 감옥에 갈 게 뻔했습니다."

"불쌍한 사람이로군. 그런 무모한 일에 영혼을 걸고, 자신이 저지른 불명예스러운 일에 대한 정당한 벌을 피하려 했군요. 내가 사랑 앞에서라도 망설일 거라고 생각하겠지만, 그 병과 잔돈을 주시오. 잔돈은 늘 상비해놓고 있었을 테니 말입니다. 여기 5센트가 있습니다."

케아웨가 생각했던 대로였다. 젊은이는 서랍에 잔돈을 준비해 놓고 있었다. 병이 주인을 바꿨고, 손에 들어오기가 무섭게 그는 다시 깨끗한 사람이 되게 해달라고 소원을 빌었다. 그리고 당연한 일이지만 호텔로 돌아와 거울 앞에서 옷을 벗었을 때 그의 피부는 갓 태어난 아기처럼 깨끗했다. 그러자 이상하게도 다른 생각이 들었다. 이런 기적을 보자마자 그 안의 마음이 바뀌었다. 이제 중국 악마 걱정은 손톱만큼도 들지 않았고, 코쿠아 생각도 거의 나지 않았다. 이제 앞으로 영원히 병의 악마에게 묶인 신세라는, 지옥 불에서 영원히 타는 것 말고 다른 희망은 바랄 수 없다는 생각만이 유일하게 그의 머리에서 떠나지 않았다. 그는 지옥 불이 활활 타오르는 모습을 마음의 눈으로 보았고, 영혼이 움츠러들어 어두움이 빛을 눌렀다.

케아웨가 조금 정신을 차렸을 때는 늦은 밤이 되어 호텔에서 밴드가 음악을 연주했다. 그는 혼자 있기가 두려웠기 때문에 그쪽으로 가서 이리저리 거닐며 오르락내리락하는 음악을 들었지만 내내 그의 눈에는 나락에서 타오르는 새빨간 화염이 보였고, 귀에는 불꽃이 활활 타는 소리가 들렸다. 갑자기 밴드가 〈히키 아오 아오〉를 연주했다. 코쿠아와 함께 불렀던 노래였다. 그 음악에 다시 용기가 그에게 돌아왔다.

'이제 끝난 일이야. 다시 한 번 악마와 잘 지내보는 수밖에 없어.'

그래서 용기가 생긴 그는 하와이로 가는 첫 기선을 타고 돌아왔고 준비가 되자마자 코쿠아와 결혼을 해서 그녀를 산허리에 있는 빛나는 집으로 데려갔다.

이제 그 둘이 함께 있을 때면 케아웨의 마음은 고요해졌지만, 혼자 남겨지는 즉시 그는 무서운 공포에 잠겼다. 지옥의 불꽃이 활활 타는 소리가 들렸고, 나락에서 타오르는 새빨간 화염이 보였다. 코쿠아 아가씨는 온 마음을 다해 그를 사랑했다. 그만 보면 그녀의 심장이 뛰었고 그녀의 손은 그의 손에서 떨어지지 않았다. 머리끝에서 발끝까지 어찌나 아름다운지 그녀를 보는 사람마다 즐거워하지 않는 사람이 없었다. 그녀는 천성적으로 쾌활했다. 그녀는 언제나 좋은 말만 했다. 노래도 아주 많이 아는 그녀는 빛나는 집을 이리저리 돌아다니며 이 삼층집에서 가장 빛나는 존재가 되어 새처럼 지저귀었다. 케아웨는 그녀를 보고 목소리를 들을 때마다 기쁨에 넘쳤지만, 그 마음 한편은 움츠러들었고 그녀를 얻으려고 지불한 대가를 떠올리며 끙끙 앓기도 하고 울기도 했다. 그런 다음 그는 눈물을 닦고, 얼굴을 씻고서 넓은 발코니로 나가 그녀와 함께 앉아 같이 노래를 부르고 아픈 영혼으로 그녀의 웃음에 응해야 했다.

마침내 그녀의 발걸음이 무거워지고 노랫소리가 드물어지는 날이 왔다. 이제 혼자서 우는 것은 케아웨만이 아니었다. 둘은 그 사이에 빛나는 집의 폭만큼 거리를 두고 서로 떨어져 반대편 발코니에서 울었다. 케아웨는 자신의 절망에 너무 깊이 빠져 있어서 변화를 거의 알아차리지 못했다. 그저 혼자서 자신의 운명을 골똘히 생각할 시간이 늘어나고 아픈 마음으로 억지로 웃어야 하는 일이 전보다 줄어든 것만이 기꺼웠다. 하지만 어느 날 고요히 집을 배회하는 그에게 아이가 흐느끼는 것 같은 소리가 들렸다. 코쿠아가 발코니 바닥에서 몸부림치며 길 잃은 아이처럼 슬피 울고 있었다.

"코쿠아, 이 집에서 당신이 울고 있다니. (적어도) 당신만은 행복하게 해주기 위해 내 목이라도 내놓을 수 있는데 말이오."

케아웨가 말했다.

"행복이라고요! 케아웨, 이 빛나는 집에서 혼자 살았을 때 당신은 행복한 남자라고 소문이 자자했지요. 웃음과 노래가 당신 입에서 떠나는 날이 없었고, 당신 얼굴은 햇살처럼 빛났어요. 그런데 불쌍한 코쿠아와 결혼을 했어요. 하느님만은 코쿠아의 어떤 점이 잘못된 건지 아시겠지요. 코쿠아와 결혼을 한 바로 그날부터 당신은 웃지 않았어요. 아, 제 어떤 점이 잘못되었나요? 저는 제가 예쁘다고 생각했고, 그이를 사랑한다는 걸 알아요. 제 어떤 점이 잘못되었길래 남편 가슴에 이런 먹구름을 드리우게 되었나요?"

"불쌍한 코쿠아."

그는 그녀 옆에 앉아 손을 잡으려 했지만, 그녀가 뿌리쳤다.

"불쌍한 코쿠아. 내 가련한 아가씨. 내 예쁜 아가씨. 당신에게만은 이 괴로움을 면하게 하려고 나는 내내 생각했다오. 아, 하지만 당신도 모든 걸 알아야겠지. 그래야 적어도 당신이 불쌍한 케아웨를 동정이라도 해줄 테니까. 그래야 케아웨가 과거에 당신을 얼마나 사랑했는지, 지금도 얼마나 당신을 사랑하는지, 그래도 당신을 볼 때면 웃음을 떠올릴 수 있다는 것을 알게 될 테니까. 그는 당신을 얻으려고 지옥을 무릅썼소."

그러면서 그는 그녀에게 맨 처음부터 모든 이야기를 다 들려주었다.

"저를 위해 그렇게 하셨다고요? 어머나, 그러면 저는 무엇을 무서워했던 거지요!"

그녀는 그를 꼭 껴안으며 울었다.

"아, 나의 아가씨. 하지만 나는 지옥 불을 생각할 때면 굉장히 무섭소."

"그런 말은 하지 말아요. 누구라도 코쿠아를 사랑했다는 이유로 아무 잘못도 없는데 파멸하게 할 수는 없어요. 케아웨, 제가 이 두 손으로 당신을 구하겠어요. 안 된다면 당신과 함께 파멸하거나. 당신은 저를 사랑해서 당신의 영혼까지 주었는데 그 보답으로 당신을 구하기 위해 제가 죽지 못할 거라고 생각했나요?"

"아, 사랑하는 내 아내! 아무렴, 당신은 나를 위해서라면 백 번이라도 죽겠지. 하지만 그런다고 해서 뭐가 달라지겠소? 내 저주의 날이 오면 나를 혼자 두고 가는 수밖에!"

그는 울었다.

"당신은 아무것도 몰라요. 저는 호놀룰루에 있는 학교에서 훌륭한 교육을 받았어요. 흔해빠진 보통 여자가 아니라고요. 그리고 분명히 말하지만 제가 사랑하는 사람은 제가 살릴 거예요. 1센트에 대해 말씀하셨죠? 하지만 미국만이 온 세상은 아니랍니다. 영국에는 파딩이라는 화폐 단위가 있는데, 반 센트 정도 값어치예요. 아! 슬프게도 그건 거의 의미가 없군요. 사는 사람이 파멸할 테니까요. 내 사랑 케아웨처럼 용감한 사람을 다시 찾을 수는 없을 거예요! 하지만 프랑스도 있어요. 프랑스에는 작은 동전이 있는데 상팀이라고 해요. 1센트는 5상팀 혹은 그 언저리 정도 될 거예요. 그 이상은 없는 것 같아요. 자, 케아웨, 우리 프랑스령 섬으로 가기로 해요. 가장 빠른 배를 타고 타히티로 가요. 거기에 가면 4상팀, 3상팀, 2상팀, 1상팀이 있어요. 네 번이나 사고팔 수 있는 기회가 있다고요. 우리 둘이서 열심히 팔아보도록 해요. 자, 나의 케아웨! 키스를 해주고 두려움은 버리세요. 코쿠아가 당신을 지킬 거예요."

"하느님의 축복이야! 이렇게 좋은 것을 바랐다고 하느님이 날 벌주시리라고는 생각할 수 없어! 좋아, 그럼 당신 뜻대로 합시다. 당신이 원하는 곳으로 가요. 내 목숨과 내 구원을 당신에게 맡기겠소."

다음 날 아침 일찍 코쿠아는 준비를 시작했다. 그녀는 케아웨가 선원 생활을 할 때 썼던 상자를 가져다가 우선 병을 가운데에 넣었다. 그런 다음 그녀는 그들이 가진 옷 가운데 가장 훌륭한 것들과 집안 장식품들 가운데 가장 화려한 것들을 쌌다. 그녀는 말했다.

"우리는 반드시 부자처럼 보여야 돼요. 안 그러면 누가 그 병 이야기를 믿겠어요?"

준비를 하는 내내 그녀는 한 마리 새처럼 명랑했다. 케아웨를 볼 때만 눈물이 흘렀는데 그럴 때면 그녀는 그에게 달려가 키스해야 했다. 케아웨로 말하자면 영혼을 짓누르던 무게를 던 기분이었다. 이제 비밀을 나누고 희망이 생긴 케아웨는 새로운 사람처럼 보였다. 그의 발걸음은 가볍게 땅을 디뎠고, 다시 편하게 숨을 쉴 수 있게 되었다. 하지만 그의 팔꿈치께에는 아직 공포가 어려 있었다. 바람이 촛불을 꺼뜨릴 때마다 희망이 죽었고, 지옥에서 타는 붉은 불과 흔들리는 불꽃이 보였다.

섬에는 그들이 미국으로 도락 여행을 간다고 소문을 냈다. 사람들은 이상한 일이라고들 생각했지만 그래도 진실만큼 이상하지는 않았고, 아무도 생각조차 하지 못했다. 그들은 홀 호를 타고 호놀룰루로 갔고, 거기서 수많은 외국인과 함께 우마틸라 호를 타고 샌프란시스코로 갔다. 샌프란시스코에 도착한 그들은 남쪽 섬들 가운데 프랑스령의 중심지인 파페에테*로 가는 우편선 트로픽 버드 호를 탔다. 즐거운 항해가 끝나고 무역풍이 부는 화창한 어느 날 그곳에 도착한 그들은 파도가 부딪쳐 부서지는 암초와 야자수가 빽빽한 작은 섬들과 파도를 타는 범선들과 초록색 나무들 사이로 해안을 따라 늘어선 마을의 하얀 집들과 머리 위의 산들과 구름들을 보았다. 타히티는 눈부신 섬이었다.

---

* 타히티 북서쪽에 있는 프랑스령 폴리네시아의 수도(옮긴이 주)

집을 빌리는 게 가장 현명할 것 같아서 그들은 영국 영사관 앞에 집을 빌리며 돈을 물 쓰듯 쓰고, 호화로운 마차와 말로 사람들 눈에 잘 띄게 했다. 병이 있는 한, 누워서 떡 먹기였다. 케아웨보다 더 대담한 코쿠아는 언제든 필요하면 악마에게 20달러나 100달러를 요구했다. 그들은 곧 시내에서 유명해졌다. 하와이에서 온 이방인이라는 점과 그들이 타고 다니는 말과 마차, 그리고 코쿠아의 아름다운 홀로쿠 드레스들과 풍성한 레이스 장식은 장안의 화젯거리가 되었다.

그들은 우선 타히티 말에 익숙해졌다. 몇 가지 철자만 바꾸면 하와이 말과 굉장히 비슷했기 때문에 어렵지 않았다. 그리고 자유롭게 말을 할 수 있게 되자마자 그들은 병을 팔기 시작했다. 여러분은 그것이 말을 꺼내기가 쉽지 않은 화제라는 점을 고려해야 한다. 마르지 않는 부와 건강의 원천을 4상팀에 팔겠다는 말이 진심이라는 것을 사람들에게 설득시키는 것 역시 쉽지 않았다. 게다가 병이 지니는 위험까지 설명해야 했다. 그러면 사람들은 이야기 전부를 믿지 않고 웃음을 터뜨리거나, 조금 더 부정적인 부분을 생각해서 그 중대한 내용에 얼굴을 찌푸리고 악마와 거래를 가진 케아웨와 코쿠아를 멀리하거나 둘 중 하나였다. 얼마 지나지 않아 그들은 자신들이 입지를 얻기는커녕 따돌림을 당한다는 걸 알아차렸다. 아이들이 그들을 보자마자 소리를 지르며 달아나는 것이 코쿠아에게는 참기 어려운 일이었다. 가톨릭 신자들은 그들이 지나갈 때면 성호를 그었다. 사람들은 그들이 지나갈 때면 합심한 듯이 뿔뿔이 흩어졌다.

낙담이 그들의 영혼을 잠식했다. 피곤한 하루를 보낸 후 밤이 되면 그들은 한마디도 말을 하지 않고 새 집에 우두커니 앉아 있거나, 코쿠아가 갑자기 울음을 터뜨려 침묵이 깨지곤 했다. 가끔은 함께 기도를 했고, 가끔은 마룻바닥에 병을 꺼내놓고 저녁 내내 병 가운데 그림자가 너울거리는 모습을 지켜보았다. 그럴 때면 잠자리에 들기가 무서워졌다. 쉽사리 잠이 들지도 않았고, 설사 한 명이 잠들었다 해도 다른 한 명이 어둠 속에서 흐느끼는 소리에 잠이 깨거나, 또는 혼자서 깨어나기 일쑤였다. 그사이 다른 한 명이 병과 같이 있는 게 두려워 집을 나가 조그만 정원의 바나나 나무 아래를 서성이거나 달빛 아래 해변을 배회했다. 어느 날 저녁 코쿠아가 잠에서 깼을 때도 그랬다. 침대를 더듬어본 그녀는 그의 자리가 차가운 것을 알았다. 그러자 두려움이 엄습했고, 그녀는 침대 위에 일어나 앉았다. 창문의 겉창 틈으로 약한 달빛이 스며들었다. 방은 밝았고, 방바닥에 병이 보였다. 바깥엔 바람이 거세게 불어 길가의 거대한 나무들이 울부짖는 듯한 시끄러운 소리를 냈고 떨어진 나뭇잎들이 베란다에서 버석버석 굴러다녔다. 이런 와중에 코쿠아는 다른 소리를 알아차렸다. 짐승인지, 아니면 사람인지 알 수 없었지만 죽음처럼 슬프게 우는 소리는 그녀의 영혼을 에는 것 같았다. 조용히 일어난 그녀는 문을 열어 달빛이 비치는 뜰을 내다보았다. 거기 바나나 나무 아래에 케아웨가 누워 흙에 입을 처박고 울부짖고 있었다.

우선 달려가서 그를 위로해야겠다는 생각이 들었지만, 다시 다른 생각이 그녀를 억눌렀다. 케아웨는 아내 앞에서 용감한 남자처럼 잘 참았다. 그런 남편이 약해진 때에 끼어든다면 그는 수치스러워 할 터였다. 그 생각에 그녀는 집으로 물러났다. 그리고 생각했다.

'하느님! 내가 얼마나 생각이 짧았던가! 얼마나 약하게 굴었던가! 이 영원한 위험을 무릅쓰고 있는 사람은 그이이지, 내가 아니야. 영혼에 저주를 받은 것은 그이이지, 내가 아니야. 그건 나를 위해서였어. 그럴만한 가치가 없는 이의 사랑을 얻기 위해서였어. 지금 그이는 코끝 앞에 닥친 지옥의 불꽃을 보고 있어. 아, 달빛 아래 바람 부는 곳에 누워 그 불꽃의 연기를 맡고 있구나. 내가 너무 둔해서 지금까지 내 의무를 생각하지 못했던 걸까? 아니면 눈앞에서 보고도 놓친 걸까? 하지만 이젠 적어도 내 남편에 대한 애정의 손으로 내 영혼을 집어 들겠어. 천국의 하얀 계단과 그곳에서 만날 친구들의 얼굴에 작별을 고하자. 사랑에는 사랑으로. 내 사랑도 케아웨의 사랑과 공평해야지! 영혼에는 영혼으로. 파멸하는 영혼은 내가 되도록 하자!'

손재주가 좋은 그녀는 곧 옷을 차려입었다 그녀는 처음부터 언제나 옆에 준비해둔 소중한 상팀 잔돈들을 챙겼다. 상팀 동전은 거의 쓰이지 않았기 때문에 그들은 정부 관청에 가서 미리 준비를 해두었었다. 그녀가 거리로 나섰을 때 바람을 타고 몰려온 구름이 잔뜩 끼여 달이 깜깜해졌다. 시내는 잠이 들었고, 어디로 가야 할지 몰라 정처 없이 배회하던 그녀에게 나무 그늘 사이에서 기침 소리가 들렸다.

"할아버지. 이렇게 추운 밤에 밖에서 뭐하세요?"

코쿠아가 말했다.

노인은 기침 때문에 거의 말을 할 수가 없었지만 그녀는 그가 늙고 가난하며, 섬에서 보지 못했던 사람이라는 것을 알아차렸다.

"할아버지, 저 좀 도와주시겠어요? 이방인 대 이방인으로, 노인 대 젊은 여자로 하와이의 딸을 도와주시지 않겠어요?"

"아, 너는 여덟 섬에서 온 마녀로구먼. 이제 이 늙은 영혼까지 옭아매려 하는 겐가? 하지만 나는 네 소문을 진작 들었어. 사악하게 굴려면 어디 해봐."

"여기 앉아보세요. 이야기를 하나 해드릴게요."

그리고 그녀는 케아웨의 이야기를 처음부터 끝까지 털어놓았다.

"자, 제가 그의 아내예요. 영혼의 안녕을 팔아 얻은 아내지요. 제가 어떻게 해야 할까요? 제가 직접 그에게 가서 병을 사겠다고 한다면 그는 거절할 거예요. 하지만 할아버지가 간다면 기꺼이 팔겠지요. 제가 여기서 기다릴게요. 할아버지가 병을 4상팀에 사 오시면 제가 다시 3상팀에 살게요. 부디 주님께서 이 가련한 딸에게 힘을 주시길!"

"나를 속이려 드는 거라면 하느님이 널 쳐 죽일 거야."

노인이 말했다.

"당연하지요! 당연히 그러실 거예요. 저는 그렇게 배신하는 사람이 아니에요. 하느님이 용납하지 않고말고요."

"4상팀을 주고 여기서 기다려."

길가에 홀로 서서 기다리면서 코쿠아의 영혼은 죽었다. 나무 사이로 거세게 부는 바람이 코쿠아의 눈에는 지옥의 불꽃이 쇄도하는 것처럼 보였다. 가로등 불빛 아래로 던져진 그림자는 악마가 잡아채려는 손길로 보였다. 기운이 있었다면 그녀는 분명히 달아났을 거였고, 한 모금 숨이라도 남았다면 크게 비명을 질렀을 것이었다. 하지만 사실은 그중 아무것도 할 수 없었고, 그녀는 두려움에 질린 어린아이처럼 길가에 서서 몸을 떨었다.

그때 노인이 돌아오는 것이 보였다. 그는 손에 병을 들고 있었다.

"네가 부탁한 걸 다 했어. 네 남편이 아이처럼 우는 걸 두고 왔지. 오늘 밤은 잘 잘 수 있을 거야."

그는 병을 앞으로 내밀었다.

"병을 주시기 전에 할아버지도 악마에게서 좋은 걸 가지세요. 기침을 낫게 하라고 하지 그러세요."

코쿠아가 헐떡이며 말했다.

"나는 늙었어. 악마에게 은혜를 입기에는 무덤가에 너무 가까이 왔다고. 그런데 이건 뭐지? 왜 병을 받지 않지? 망설이는 거냐?"

"망설이는 게 아니에요! 전 그냥 약해졌을 뿐이에요. 잠깐만 기다려주세요. 그 저주받은 물건을 제 손이 거부하고, 제 몸이 떨릴 뿐이에요. 아주 잠깐이면 돼요."

노인은 온화해진 눈으로 코쿠아를 보았다.

"가련한 아가씨 같으니! 너도 두렵구나. 네 영혼이 두려움을 불러일으키는구나. 그래, 그럼 그냥 내가 가지마. 나는 늙었고, 이 세상에서 더 행복해지기는 글렀어. 아마 다음 세상도……."

"병 주세요!"

코쿠아가 병을 잡았다.

"여기 돈 있어요. 저를 그 정도로 비열한 사람으로 생각하셨나요? 병을 이리 주세요."

"하느님이 아가씨를 축복하시길!"

노인이 말했다.

코쿠아는 병을 홀로쿠 아래 감추고 노인에게 작별을 고한 다음 대로를 걸었다. 어디로 가는지 신경이 쓰이지 않았다. 이제 어차피 모든 길은 다 지옥으로 가는 길이었으니 그녀에게는 아무 길이나 마찬가지였다. 걷다가 또 뛰기도 했다. 한밤중에 비명을 지르다가 길옆에 엎드려 흙먼지 속에서 흐느꼈다. 귀에는 전에 지옥에 대해 들었던 모든 이야기들이 다시 들렸다. 불꽃이 타오르는 것이 보였고, 연기 냄새가 났으며, 살갗은 석탄 위에서 시들어가는 것 같았다.

거의 동이 틀 무렵이 되어서야 그녀는 정신을 차리고 집으로 돌아갔다. 노인이 말한 그대로였다. 케아웨는 아이처럼 곤하게 자고 있었다. 코쿠아는 옆에 서서 그의 얼굴을 바라보았다.

"자, 내 낭군님, 이제 당신이 잠들 차례예요. 잠에서 깨면 이제 당신은 노래하고 웃을 차례가 될 거예요. 하지만 불쌍한 코쿠아는, 아, 나쁜 뜻은 아니지만, 불쌍한 코쿠아에게는 이제 편안한 잠이나, 노래나, 기쁨은 없겠지요. 지상에서나, 천국에서나."

말을 마친 그녀는 남편 곁에 누웠고, 고통이 극에 달한 나머지 곧 잠들었다.

오전 느지막이 일어난 남편은 그녀를 깨웠고, 좋은 소식을 전했다. 그는 기쁨이 지나쳐 바보가 된 것 같았다. 그녀의 고통에는 아무런 주의를 기울이지 않았다. 그녀가 숨기려 애쓰긴 했지만. 말이 목에 걸려 아무런 대꾸도 하지 않았지만, 케아웨 혼자서 떠들어댔다. 그녀는 한입도 식사를 하지 못했지만, 케아웨는 아랑곳하지 않고 접시를 깨끗이 비웠다. 코쿠아에게는 그가 기뻐하는 모습을 보고 듣는 것이 이상한 꿈처럼 느껴졌다. 잊어버리거나 의심스러워 이마에 손을 대는 때도 있었다. 하지만 자신이 그런 운명을 지게 되었는데 남편이 마구 수다를 떤다는 것이 끔찍하게 여겨졌다.

케아웨는 내내 밥을 먹거나 이야기를 하고, 귀국할 시기를 저울질하며 그를 구원해준 것을 그녀에게 감사하고, 그녀에게 애정을 보이며 진정한 구원자라고 불렀다. 그는 멍청하게도 병을 사간 노인을 비웃었다.

"훌륭한 노인인 것 같았는데. 하지만 겉모습으로는 아무도 모르는 셈이지. 무뢰한이 아니라면 왜 그런 병이 필요하겠소?"

"케아웨, 내 남편. 아마 좋은 의도였을 거예요."

코쿠아가 겸허하게 말했다.

케아웨는 미친 사람처럼 웃음을 터뜨렸다.

"당치도 않아! 분명히 말하지만 늙은 악당이었소. 아무 짝에도 쓸모가 없고말고. 4상팀에도 팔기가 얼마나 어려웠는데, 3상팀에 판다는 건 불가능해요. 이제 얼마 지나지 않아 그 물건은 연기 냄새를 피울걸. 우, 무서워!"

그는 말을 하며 부르르 떨었다.

"나 자신이 그보다 더 작은 동전이 있다는 걸 모르면서도 1센트에 산 것은 사실이오. 고뇌 때문에 제정신이 아니었지. 그런 사람을 다시는 찾을 수 없을 거요. 누구든 지금 그 병을 가지고 있는 사람이 지옥으로 가져가겠지."

"아, 케아웨! 한 사람을 구하려고 다른 사람이 영원한 파멸에 빠지는 게 끔찍하지 않은가요? 저는 웃을 수 없을 것 같아요. 전 겸허하게 있을래요. 저는 슬퍼하겠어요. 불쌍하게도 병을 가진 사람을 위해 기도하겠어요."

그러자 케아웨는 더욱더 성이 났다. 그녀가 말한 것이 옳다는 걸 알았기 때문이다.

"잘난 척하지 말아요!"

그가 소리를 질렀다.

"그러고 싶다면 당신은 슬픔에 빠져 있도록 해요. 좋은 아내라면 그럴 수 없지. 당신이 정말 나를 생각한다면 부끄러운 줄 알아요."

그러고서 그는 나가버렸고, 코쿠아는 혼자가 되었다.

그 병을 2상팀에 팔 수 있을 가능성이 과연 얼마나 될까? 전혀 없어, 그녀는 생각했다. 만약 털끝만큼 가능성이 있다 해도 남편은 서둘러 1센트보다 적은 동전이 없는 곳으로 그녀를 데려갈 터였다. 그리고 지금 그 희생에도 아랑곳없이 남편은 그녀를 비난하며 떠나버렸다.

그녀는 얼마 남지 않은 시간에 애써볼 생각도 하지 못하고 집 안에 우두커니 앉아 있었다. 그녀는 병을 꺼내놓고 말로 다할 수 없는 공포에 몸서리치며 바라보다가 견딜 수 없어져서 병을 시야에서 치웠다.

이윽고 케아웨가 돌아왔고, 그녀에게 드라이브를 가자고 했다.

"케아웨, 저는 몸이 좋지 않아요. 기운이 없어요. 정말 미안해요. 드라이브를 가도 재미가 없을 것 같아요."

그러자 케아웨는 더욱 화가 났다. 그녀가 노인만 걱정한다고 생각했기 때문에 그녀에게 화가 났고, 그녀가 옳다는 걸 알았고 그토록 행복해한 자신이 부끄러워졌기 때문에 자기에게도 화가 났다.

"이게 당신의 진심이로군. 당신의 애정은 이 정도였어! 당신 남편이 영원한 파멸에서 이제 막 벗어났는데 전혀 기뻐하지 않다니! 그런 파멸을 선택했던 것도 다 당신을 사랑해서였는데! 코쿠아, 당신의 마음은 충실하지 않구려."

그는 격분해서 다시 집을 뛰쳐나갔고, 하루 종일 시내를 배회했다. 그는 친구들을 만나 술을 마셨다. 그와 친구들은 마차를 불러 야외로 나가 다시 술을 마셔댔다. 케아웨는 내내 불편했다. 아내는 슬퍼하는데 자신은 놀러 나왔다는 것 때문에, 그리고 마음속으로는 아내의 말이 옳다는 것을 알았기 때문에 더더욱 마음이 불편해져서 그는 술을 마구 마셔댔다.

그와 함께 술을 마시던 사람들 가운데 포경선의 갑판장과 금광 일꾼으로 일했던 데다 수배범 전력에 전과도 있는, 나이가 많고 난폭한 외국인이 한 명 있었다. 그는 비열한 마음에 더러운 입을 가지고 있었으며, 술을 퍼마시는 것과 다른 사람들이 술에 취하는 모습을 보는 것을 가장 좋아했다. 그가 케아웨에게 술잔을 강요했다. 곧 일행들의 돈이 다 떨어졌다.

"이봐!"

그 선원이 말을 걸었다.

"너는 부자라며? 네 입으로 늘 그렇게 말했잖아. 술을 한 병 살 테냐? 아니면 망신을 당할 테냐?"

"좋아요. 난 부자요. 집으로 돌아가서 아내에게 돈을 좀 달라고 해야겠소. 아내가 돈을 가지고 있거든."

"이봐, 친구. 그건 정말 좋지 않은 생각이야."

갑판장이 이간질했다.

"치마 두른 여자한테 단돈 1달러라도 맡기면 안 된다고. 그 년들은 전부 부정하거든. 마누라를 단단히 감시하란 말이지."

그 말은 술에 취해 제정신이 아닌 케아웨의 마음에 그대로 꽂혔다.

'확실히 코쿠아가 부정을 저지른 게 틀림없어. 정말로. 그렇지 않으면 내가 병에서 해방되었는데 왜 그렇게 의기소침해졌겠어? 내가 그렇게 만만한 놈이 아니라는 걸 확실히 보여줘야지. 부정을 저지르는 현장을 잡아 본때를 보여줘야겠어.'

그래서 일행들과 함께 시내로 돌아왔을 때 케아웨는 갑판장을 오래된 교도소 모퉁이에서 기다리게 하고 혼자서 큰길을 따라 올라가 집으로 갔다. 다시 밤이 되었기 때문에 집에 불은 켜져 있었지만 인기적은 전혀 없었다. 케아웨는 집 모퉁이를 살금살금 돌아가서 뒷문을 조용히 열고 집 안을 들여다보았다.

코쿠아는 램프를 곁에 두고 바닥에 앉아 있었고, 그녀 앞에 배가 둥글고 목이 긴 우윳빛 병이 있었다. 병을 보면서 코쿠아는 양손을 비틀고 있었다.

케아웨는 오랫동안 문간에 서서 집 안을 보았다. 제일 처음에는 어안이 벙벙했다. 다음으로는 어제 병을 판 거래가 잘못되어 샌프란시스코에서 경험했던 것처럼 병이 다시 돌아왔다는 생각에 공포가 엄습했다. 두려움에 무릎이 후들거리고 아침 강가에서 안개가 걷히듯이 취기가 완전히 날아갔다. 그러자 다른 이상한 생각이 들었다. 그 생각에 그의 뺨이 불타는 듯이 달아올랐다.

'내 짐작이 맞는지 확인해야겠어.'

그는 생각했다.

그래서 그는 문을 닫고 살며시 집 모퉁이를 돌아와 현관으로 갔다. 그는 이제 막 돌아온 것처럼 일부러 시끄러운 소리를 내며 안으로 들어갔다. 그러자 보라! 그가 문을 열었을 때 병은 사라지고 없었다. 코쿠아는 의자에 앉아 막 잠에서 깬 사람처럼 깜짝 놀라며 일어났다.

"나는 하루 종일 술을 마시고 즐겁게 지냈소. 좋은 친구들이랑 같이 보냈소. 지금은 그냥 돈을 좀 챙기러 온 것뿐이오. 돈만 주면 다시 돌아가서 술을 마시고 친구들이랑 흥청망청 즐길 테니까."

그의 얼굴과 목소리는 판결을 내리는 사람처럼 딱딱했지만, 코쿠아는 마음이 너무 괴로워서 알아차리지 못했다.

"케아웨, 당신 돈이니 당신 마음대로 쓰세요."

대답하는 코쿠아의 목소리가 떨렸다.

"뭐든지 내 마음대로 할 테니 걱정 말라고."

대답을 하며 케아웨는 상자로 가서 돈을 꺼냈다. 병을 넣어두곤 하던 상자 구석을 재빨리 살폈지만 아무것도 없었다.

그걸 보고 나자 상자가 높은 파도처럼 솟아오르고 집이 소용돌이처럼 빙빙 도는 듯 어지러워졌다. 이제 끝이라는 것을, 도망갈 곳이 없다는 것을 알았기 때문이다.

'내가 두려워했던 대로야. 그녀가 병을 샀던 거야.'

약간 정신을 차린 그는 벌떡 일어섰다. 하지만 그의 얼굴에는 우물물처럼 차가운 땀이 비처럼 쏟아졌다.

"코쿠아, 내가 오늘 못된 짓을 저질렀다고 말했지. 이제 나는 유쾌한 친구들한테 가서 흥청망청 즐길 거요."

그 말을 내뱉으며 그는 조용히 웃었다.

"술을 마시며 놀다 올 테니 당신이 이해하라고."

일순간 그녀가 그의 무릎을 꼭 껴안았다. 그녀는 그의 무릎에 키스하며 눈물을 펑펑 쏟았다.

"아, 케아웨. 저는 그저 따뜻한 말 한마디면 족해요!"

"서로 상대방은 신경 쓰지 맙시다."

케아웨는 말을 내뱉으며 집 밖으로 나갔다.

케아웨가 지금 가져온 돈은 타히티에 도착한 즉시 준비해둔 상팀 동전 몇 개뿐이었다. 그가 술을 더 마실 생각이 전혀 없다는 것은 자명한 일이었다. 아내가 그를 위해 영혼을 바쳤으니, 그 역시 그녀를 위해 자신의 영혼을 바쳐야 했다. 그 외의 다른 생각은 조금도 들지 않았다.

오래된 교도소 모퉁이에서 갑판장이 그를 기다리고 있었다.

"내 아내가 그 병을 가지고 있소."

케아웨가 말을 꺼냈다.

"내가 병을 찾도록 도와주지 않는다면 오늘 밤에는 돈도 더는 구할 수 없고, 술도 더 마실 수 없을 거요."

"그 병에 대해 떠벌린 이야기가 진담이라고?"

갑판장이 고함을 질렀다.

"가로등이 환하군. 내가 농담하는 것처럼 보이오?"

"그렇구만. 유령처럼 핼쑥해 보여."

"그렇다면 좋아요. 여기 2상팀이 있소. 내 아내에게 가서 그 병을 사겠다고 하시오. (내가 잘못 생각한 게 아니라면) 아내가 곧바로 병을 줄 거요. 그걸 이리로 가져오면 내가 1상팀에 다시 사겠소. 그 병을 사고팔 때는 그게 규칙이거든. 팔 때는 산 가격보다 싸게 팔아야 하오. 하지만 아내에게는 내 부탁을 받고 왔다는 말을 입도 뻥끗하면 안 돼요."

"이봐, 나를 놀리는 건 아니겠지?"

갑판장이 다시 물었다.

"당신에게는 아무런 해도 없을 거요."

"좋아, 친구."

"그리고 내 말이 의심스럽다면 당신이 직접 시험해보면 되잖소."

케아웨가 덧붙였다.

"우리 집에서 나오는 대로 주머니에 돈이 가득 있었으면 좋겠다 거나, 최상급 럼이 한 병 생기면 좋겠다거나, 아니면 뭐든지 원하는 걸 빌어요. 그러면 그 병의 진짜 가치를 알게 될 테니 말이오."

"좋아, 카나카 친구. 내가 직접 시험해보지. 하지만 나를 놀리는 거라면 나도 자네를 밧줄에 걸어가지고 놀 걸세."

그렇게 해서 선원은 큰길을 따라 올라갔다. 케아웨는 제자리에 서서 기다렸다. 전날 밤 코쿠아가 기다렸던 곳과 가까운 장소였지 만, 케아웨의 결심은 훨씬 단단했고, 아무 주저함이 없었다. 그저 그 의 영혼만이 쓰디쓴 절망에 빠졌을 뿐이었다.

기다린 지 한참이 지나서야 깜깜한 대로에서 노랫소리가 들렸다. 갑판장의 목소리라는 건 알아차렸지만 갑자기 더 취한 듯해서 그는 의아하게 생각했다.

노랫소리에 이어 갑판장이 가로등 불빛 아래 발부리가 걸려 비틀 거리며 나타났다. 악마의 병을 겉옷 속에 넣고 단추를 꽁꽁 채운 그 는 손에 다른 병을 들고 있었다. 모습을 드러내면서 그는 병을 들어 입에 대고 마셨다.

"보아하니 병을 가져왔구려."

케아웨가 말했다.

"손 떼!"

갑판장이 황급히 뒤로 물러나며 고함을 질렀다.

"나한테 한 발자국만 다가오면 자네 입을 뭉개버리겠어. 나를 자네 앞잡이로 만들어 이용할 수 있을 줄 알았지?"

"무슨 말이오?"

"무슨 말이냐고? 이런 귀염둥이 병이 있었다니. 이게 내가 할 말이다. 이런 보물을 어떻게 겨우 2상팀에 손에 넣을 수 있는지는 모르겠어. 하지만 이걸 자네한테 1상팀에 팔아넘기지 않을 거라는 건 알지."

"병을 팔지 않겠다고?"

케아웨가 숨이 막혀 헐떡거렸다.

"절대로!"

갑판장이 소리를 질렀다.

"마실 테면 이 럼주 한 모금은 줄 수 있어."

"말했잖소. 그 병을 가진 사람은 지옥에 간다고."

"그러지 않아도 나는 지옥에 갈 거야. 그리고 이 병 정도라면 함께 지옥에 가도 후회가 없을걸. 절대로 팔지 않아!"

그가 다시 고함을 질렀다.

"이건 이제 내 병이야. 자네는 가서 다른 물건이나 알아봐!"

"진심이오? 당신을 위해서 하는 말이오. 부디 나에게 그 병을 파시오!"

"헛소리 작작하라고. 내가 멍청이인 줄 알았지? 이제 알았지? 난 멍청이가 아니야. 이게 끝이야. 자네가 럼주 한 모금 하기 싫다면 내가 마시지 뭐. 자, 자네의 건강을 위해 건배! 그리고 잘 가게!"

선원은 비틀거리며 대로를 내려가 시내로 갔고, 병도 그렇게 사라졌다.

케아웨는 바람처럼 가벼운 마음으로 코쿠아에게 달려갔다. 그날 밤 그들의 기쁨은 대단했다. 그리고 그 후로 그들은 빛나는 집에서 내내 평화롭게 남은 삶을 살았다.

작품 해설

개인적인 배경

등대를 짓는 기사의 아들로 태어난 로버트 루이스 스티븐슨은 열일곱 살의 나이로 공학을 전공하기 위해 에든버러대학교에 진학했고, 이후 (소설에 나오는 어터슨처럼) 변호사가 되기 위해 공부했지만 실제로 개업을 하지는 않았다. 대학에서는 방종한 멋쟁이 신사로 에든버러의 온갖 하류계급의 유흥장에 거리낌 없이 드나들었는데, 나중에《지킬 박사와 하이드》에서 사용될 범죄자의 정신 상태에 대한 통찰력(혹은 적어도 일종의 '분위기')을 그곳에서 얻게 된 것 같다.

그는 자신에게 강요된 엄격하고 완고한 칼뱅주의적 양육에 반기를 들기도 했지만 그 흔적은 그의 문학 작품에 분명하게 남아 있다. 그는 평생 선과 악의 대립, 천부적인 악행, 그리고 그가 지속적으로 도덕적 모호성과 심리적인 긴장이라는 측면에서 바라보았던 여타 형이상학적인 문제에 관한 상상에 자신을 관여시키는 경향이 있었던 것 같다. '지옥에서 타오르는 불'로 겁을 주곤 했던 스티븐슨의 스코틀랜드인 유모는 자신이 그에게 얼마나 큰 영향을 주었는지 알지 못했을 것이다.

소년 시절에 스티븐슨은 스코틀랜드 역사에 깊게 몰두해 있었다. 이 시기의 영향으로 나온 《발란트래 경(The Master of Ballantrae)》은 《유괴(Kidnapped)》(1886)나 《지킬 박사와 하이드》와 많은 부분에서 유사하다. 또한 스티븐슨이 읽은 것들은 《지킬 박사와 하이드》를 쓰는 데 톡톡히 이바지했을 그의 정신적인 특질에 강한 영향을 주었다. 그중에서도 단연 최고는 (1788년에 교수형을 당한) 브로디(Brodie) 집사일 것이다. 브로디 집사는 신앙심이 깊고 누구에게나 호의를 불러일으키는 인물이었지만 도둑들과 살인자들로 이루어진 갱단의 대담하고 냉혹한 우두머리로 이중생활을 영위했던 인물이었다.

사생활에서 볼 때 스티븐슨은 오즈번 부인(스티븐슨은 캘리포니아까지 따라가서 그녀가 첫 번째 남편과 이혼한 후인 1880년에 이 미국 여성과 결혼한다)을 포함해서 자신보다 훨씬 나이가 많은 여성과 관계를 맺었는데 이는 그가 얼마나 여론에 무관심했는지를 보여준다. 기묘하게 들리겠지만 이 단호하고 놀라운 여성은 역사적 배경에서 지적하고 있는 것처럼 《지킬 박사와 하이드》에 상당한 영향력을 행사했다. 아마도 그녀를 사랑하는 마음에서, 그리고 자신이 자라난 장로교적인 영향에 대한 반발심에서 스티븐슨은 사회적인 명령과 관습적인 속박에 진절머리를 냈을 것이다. 그리고 헨리 지킬의 천성에 내재한 어두운 측면을 더욱 잘 끌어낼 수 있었던 내밀한 자아에 굴복했을 것이다. 최소한 그는 세상 사람들이 자신들의 양심 코드에 맞지 않는다고 간주한 행동에 대해서 하이드에게 어떤 벌을 강제할지 경험으로 알고 있었다.

스티븐슨의 모든 작품에는 그가 내내 결핵으로 고통받고 있었다는 사실과는 모순되어 보이는 에너지가 존재한다. 가끔은 글을 쓸 만한 기력조차 끌어내기가 매우 어려웠지만 그 사실을 전혀 드러내지 않을 정도로 스티븐슨에게는 전문가 기질이 있었다. 그의 소설과 이야기들은 전혀 허약한 사람의 작품처럼 보이지 않는다. 그러나 일부 비평가들은, 더욱 깊은 내면을 들여다보면 《지킬 박사와 하이드》나 《마크하임(*Markheim*)》 같은 작품에서 만나게 되는 어두운 주제는, 지속적으로 죽음을 염두에 두어야 하는 허약한 몸을 가진 이들이 이따금 빠지게 되는 우울한 생각에 기인할 수도 있다고 지적한다.

소수의 비평가는 스티븐슨의 소설에 나오는 악한의 이름 하이드가 스티븐슨이 (1890년 2월 25일 시드니에서) 온통 비난으로 도배한 편지를 보냈던 호놀룰루의 목사 하이드 박사에서 유래했다고 주장하기도 한다. 스티븐슨이 그런 편지를 보낸 것은, 한센병 환자들에게 영웅적으로 복음을 전파하고 의학 치료를 행한 선교사 다미엥 신부를 하이드 박사가 공격한 이후였다.

그러므로 우리는《지킬 박사와 하이드》의 출판 연도를 주의 깊게 살펴볼 필요가 있다. 이 소설이 1실링짜리 문고판으로 나온 것은 1885년 말 이전이었으며, 열렬한 갈채를 받으며 다음 해 1월에 재출간되었다.

〈타임스〉는 열광적인 서평을 게재했다. 성 바오로 대성당에서는 이 소설에 바탕을 두고 설교를 하기도 했다. 6개월 동안《지킬 박사와 하이드》는 4만 부가 판매되었다. 스티븐슨에게 꼭 필요한 일이었다. 그는 이렇게 말한 적이 있다.

"파산할 지경이었는데, 지킬 덕분에 살았다."

그렇지만 이 모든 일은 다미엥 신부 사건과 스티븐슨의 열정적인 옹호가 있기 오래전에 일어났다.

《지킬 박사와 하이드》의 성공에서 벗어나 서둘러 다른 일에 몰두하느라 책의 미국 판권을 파는 것을 잊어버렸다는 사실도 스티븐슨 특유의 성격을 보여준다. 이 책은 미국에서 해적판으로 출간되었는데 작가가 살아 있는 동안에만 25만 부 이상이 팔렸지만 스티븐슨은 미국에서 동전 한 닢 받지 못했다. 물론 영화 저작권이나 텔레비전 무단 이용에 대해서도 전혀 수익금을 나눠 받지 못했고, 월트 디즈니나 여타 회사들이 그의 작품을 가지고 얼마를 거둬들이는지도 일절 알지 못했다.《유괴》의 속편에 대한 원고료로 맥클루어 출판사에 800달러를 요구했던 스티븐슨이니 신경을 썼을 리가 없다. (그는 원고료 8,000달러와 함께 좀 더 약삭빨라지라는 충고를 받았다.)

그러나 그는 《지킬 박사와 하이드》의 메시지가 신학이나 심리학 관련 서적이라면 절대 집어 들지 않을, 그리고 '형이상학'이라는 단어를 듣는 것만으로도 경기를 일으킬 사람들에게도 널리 확산하고 있다는 사실에는 굉장히 신경을 썼다. 비록 스티븐슨이 동시대를 풍미했던 움직임처럼 '예술을 위한 예술'의 사도임을 자처했다고는 하지만, 신비주의적인 불가지론자가 되고 난 한참 후에도 그의 몸에 배어 있던 칼뱅주의적 양심은 사회적인 의미를 완전히 배제한 순수한 오락물을 쓰도록 용납하지 않았다.

그는 예술가일 뿐만 아니라 내면적으로는 교사이기도 한 스코틀랜드의 '스승'이었다. 스티븐슨 자신이 의식적으로 그렇게 믿지는 않았을는지 모른다. 그러나 스티븐슨은 무의식적으로 악마 같은 하이드에게도 허약하나마 양심이 존재한다는 사실을 알고 있었다. 그리고 그 허약한 양심도 가끔은 선량한 지킬 박사의 양심만큼이나 괴로워한다는 사실이 하이드의 사악한 성격과 모순되지 않는다는 것도 알고 있었다.

만약 한 작품으로 대중을 전율시키고 동시에 돈도 벌 수 있다면 그건 그것대로 좋은 일이다. 그렇지만 스티븐슨은 그와 동시에 선도 행해야 한다고 생각했다. 이 의무감은 그의 내부에서 지속적으로 목소리를 내고 있었다. 그는 어릴 때부터 인간은 악과 난폭한 충동으로 되어 있기 때문에 언제든 그런 성질이 밖으로 표출될 위험이 있으며, 엄청난 노력으로 그 충동을 제어해야 한다고 배웠다. 그가 받은 가르침으로 볼 때 인간은 천성에 존재하는 이 악한 면을 정복해야만 고귀한 삶을 살 수 있었다.

'마크하임'이라는 제목을 가진 이야기가 연상된다. 그 소설에서는 잔인한 살인을 저지른 주인공에게 그 자신의 자아가 들고일어나 비아냥거리고 주인공을 도발하며 욕설로 매도한 끝에 마침내 '미묘한 승리로' 경찰을 부르고 자신의 죄악을 고백하기로 결정하는 '놀랍고 훌륭한 변화'를 겪게 만든다.

《지킬 박사와 하이드》에 나오는 인간 천성의 악한 측면은 훨씬 더 파괴적이고, 훨씬 더 예측이 어렵다. 지킬 박사의 달라진 자아는 훨씬 더 생생하게 도입되고, 본질적으로 훨씬 더 힘차고 생기에 넘친다. 그러나 그 스스로 언제나 이야기는 삶을 단순화시킨 것이라고 강조했던 것처럼, 스티븐슨의 도덕적인 우화는 다시 선의 승리(혹은 적어도 악의 죽음)로 끝난다.

1888년 6월 스티븐슨과 그의 가족은 요양을 위해 남태평양으로 항해를 떠난다. 마지막으로 그들은 사모아의 아피아에 정착했다. 아피아의 원주민들은 그를 이야기꾼을 의미하는 '투시탈라(tusitala)'라고 불렀다. 스티븐슨은 그곳에서 4년을 행복하게 보낸 후 세상을 떠났다. 그의 묘비에는 모든 선과 악의 전쟁이 끝나고, 모든 의문이 가라앉았으며, 모든 도덕적인 모호함이 풀렸다는, 자작 레퀴엠 가운데 일부가 새겨졌다.

광대하고 별이 총총히 반짝이는 하늘 아래

무덤을 파서 나를 눕혀다오.

행복하게 살았듯이 행복하게 죽으며,

결연히 나는 눕는다.

이것은 당신이 나를 위해 새기는 시구다.

여기 그가 있고자 갈망했던 곳에 눕다.

집은 뱃사람이다, 바다라는 집을 떠나서,

그리고 언덕이라는 사냥꾼의 집을 떠나서.

역사적인 배경

"어느 날 한밤중에 루이스가 공포에 찬 비명을 지르는 소리에 나는 잠에서 깼다. 그가 악몽을 꾸고 있다고 생각했기 때문에 나는 그를 깨웠다. 루이스는 성을 내며 '왜 나를 깨우는 거요? 멋진 악령이 나오는 꿈을 꾸고 있었단 말이야'라며 안타까워했다."

스티븐슨의 아내가 쓴 글이다. 하지만 스티븐슨은 꿈 내용을 충분히 잘 기억하고 있었고, 병상에서도 일어나 앉아 진짜 '비열함'에 관한 소름 끼치는 이야기를 썼다. 그의 아들은 스티븐슨 부인이 도덕적 메시지가 충분히 담겨 있지 않고 분명한 비유가 없다는 이유로 그 이야기를 반대했다는 일화를 들려준다. 스티븐슨은《지킬 박사와 하이드》의 첫 번째 버전을 태워버리고 다시 썼다.

에든버러대학교 학생 시절에 스티븐슨은 하층계급의 생활에 대한 직접적인 지식을 얻을 수 있었다. 그는 1년에 겨우 6파운드라는 빈약한 수입이 허용하는 저질 유흥장에 뻔질나게 드나들었고 창녀들과도 어울렸다. 관습에 정면으로 맞선 스티븐슨은 방탕한 생활을 하면서 긴 머리에 멋쟁이 옷차림으로 나돌아 다니곤 했는데, 그 덕분에 에든버러 매음굴 주민들에게서 얻은 별명이 '벨벳 코트'였다.

그 이후의 삶에서는 런던 하층 사회를 배회하고 다니기에는 그의 외양이 너무 말쑥해진 데다, 아내가 너무 엄격했으며, 시간도 너무 없었지만 스티븐슨은 여러 가지 보고서와 소문을 통해 사악한 하이드의 밤 세계를 창조할 수 있었고, 런던 하층 사회에서 일어나는 악당들의 범죄 행위를 아주 자세하게 묘사할 수 있었다. 범죄와 범죄자에게 매료되고, 찰스 디킨스 같은 소설가의 작품을 통해 도시 빈민굴에 익숙해져 있던 빅토리아 시대 독자들에게 힌트는 충분했다. 독자들은 배경을 상상하는 것만으로도 풍성한 자극을 받았다.

에드워드 하이드의 사악한 캐릭터가 독자의 상상 속에서 피와 살을 부여받을 수 있었다면 헨리 지킬 박사의 캐릭터도 그러하다. (1860년 조셉 리스터가 살균 시스템을 처음 도입했던 것처럼) 의학 분야에서 엄청난 진보가 이루어지던 시대에 연구실에서 연구에 몰두하는 좋은 의사는 이상적인 모습이었다. 게다가 인류애에 봉사하기 위해 실험하는 존경받는 의사의 뒤에는 스티븐슨이 사용한 사악한 전통이 잠재해 있었다.

메리 셸리(Mary Shelley)의 유명한 소설에 나오는 악명 높은 프랑켄슈타인 박사는 괴물을 만들어냈고, 크리스토퍼 말로(Christopher Marlowe)의 희곡에 등장하는 포스터스 박사는 도가 지나쳐 '하느님이 허용하는 것'보다 더욱 많이 알고 더욱 많은 것을 하고자 했으며, 스티븐슨도 잘 알고 있었던 (무덤을 도굴하도록 아일랜드인 '시체 도굴범' 버크와 에어를 고용했던) 에든버러의 로버트 녹스(Robert Knox) 박사의 경우처럼 해부학자들은 해부용 사체를 얻기 위해 범죄자나 도굴꾼과 어울렸다.

보통 사람들에게 의학은 여러 가지 측면에서 난해한 학문으로 보였고, 일반적인 독자들은 '미치광이 의사'의 수상한 연구실에 관한 이야기를 다루는 과학 소설 같은 이야기를 열광적으로 받아들였다. 이런 전통을 단순히 무시무시하고 불가사의한 이야기가 아니라, 진정으로 의미 있고 도덕적인 메시지를 전달하는 이야기로 만들 수 있었던 것이 스티븐슨의 장점이었다.

정신분석학을 도입하고자 했던 스티븐슨의 의도는 키드 선장의 보물에 관한 유명한 이야기《보물섬(*Treasure Island*)》(1883)이나 스코틀랜드를 배경으로 한 이야기 등 모험 이야기에서 더욱 분명하게 드러난다. 헨리 제임스(Henry James)가 위대한 창작품이라고 극찬했지만 스티븐슨 생전에 끝을 낼 수 없었던 작품인《허미스턴의 둑(*Weir of Hermiston*)》은 극한에 이른 심리적인 통찰을 보여준다.

이 작품에서 아담 웨어로 등장하는, 브랙스필드 경이라는 호칭을 가진 스코틀랜드의 판사 로버트 맥퀸(Robert Macqueen)은《발란트래 경》에 나오는 제임스 뒤리라는 인물과 하이드처럼 스티븐슨이 몽마(夢魔, incubus)라고 생각했던 존재가 어떤 것인지를 보여준다.

모튼 자벨(Morton Zabel)은 이렇게 기술하고 있다.

"그들(몽마)은 지배당하는 사람들의 운명을 결정한다. 그들은 이아고의 혈통을 이어받았다. 그들은 미덕 혹은 선의 범주를 넘어서서 사악하게 작용하는 필수적인 에너지에 형태를 부여한다. 그들은 판에 박힌 올곧은 사람들보다 즉물적인 삶을 산다. 그리고 세 가지 모두가 스티븐슨이 그런 캐릭터라면 마땅히 가지고 있을 것이라고 생각한 불길한 힘, 즉 인간의 천성에 내재해 있는 불행한 의지력을 규정짓는다."

우리 시대에는 그런 심리학적 통찰력이 프로이트나 융, 또는 그 밖의 몇몇 학자들의 관점에서 논의된다. 스티븐슨의 시대에는 위대한 심리학자는 학자가 아니라 상상력이 뛰어난 작가였다. 지킬 박사와 하이드에 등장하는 분열된 자아는 도스토옙스키와 디킨스, 호손과 멜빌, 포에게서 어느 정도 차용했음이 분명하다.

그들의 전통에 따라 스티븐슨은 펜이라는 도구와 상상력이라는 풍부한 창조 에너지를 이용해서 자신의 인생에서 맞닥뜨리는 문제들에 직관적인 해결책과 저 깊은 내면에서 느껴지는 불안을 표현했다. (입센이 말했던 것처럼) 그 자신을 비판하기 위한 글쓰기였다.

중세 혹은 훨씬 그 이전으로 거슬러 올라가는 문학적 전통을 따라 스티븐슨은 통찰력이라는 교훈적인 알약 주변에 흥미로운 이야기로 달콤한 막을 입혀 메시지를 우화로 표현했다. 스티븐슨이 '지킬 박사와 하이드의 기묘한 사례'에서 제시한, 오늘날 우리가 정신 분열적 인성이라 기술하는 특징은 그의 동시대 학문을 상당히 앞서는 훌륭한 심리학이었다. 현대 정신분석학자들은 이 작품에 그려진 허구의 인성에 대해 아주 많은 것을 말해줄 수 있을 것이다. 게다가 작가 자신의 인성 일부가 의식적이든 무의식적이든 작품에 드러나게 된다.

정신분석학자들의 해석과 발견 중에는 스티븐슨 자신이 의심 많고 조심스러운 성격이었을 수 있다는 이야기도 있다. 그러나 사실 스티븐슨은 자신이 쓴 오싹한 이야기에 나오는 행동의 원천으로 사용했던 인간의 특성에 관한 진실을 본능적으로 파악했다. 또한 그는 자신의 발견을 독자를 사로잡을 흥미로운 이야기에 포장하고, 독자가 머릿속에서 장면과 세부적인 사항에 집중하게 하고, 메시지의 전체적인 의미가 파악될 때까지 기억에서 떠나지 않도록 만드는 것이 '훌륭한 심리학'이라는 것도 알고 있었다.

빅토리아 시대의 독자들이 프로이트의 '이드(id)'*, '자아(ego)'**, 그리고 '초자아(superego)'***라는 측면에서 《지킬 박사와 하이드》를 분석하지는 않았을 것이다. 하지만 그들은, 그러한 자아의 분열이나 인간의 가슴에 내재한 모순되는 충동의 투쟁이라는 현상의 설명

---

* 자아의 기저를 이루는 본능적인 충동(옮긴이 주)
** 사고, 감정, 의지 등의 정신 작용을 주관하고 이를 통일하는 주체(옮긴이 주)
*** 이드의 본능적인 충동을 억제하고 선악을 판단해 자아를 감시하는 양심(옮긴이 주)

을 위해 사용된 광기를 어떤 용어로 표현했든 간에 한 명의 사람이 (예를 들어 조울증같이) 완전히 다른 정신 상태 사이에서 극적으로 왔다 갔다 할 수 있다는 사실을 알고 있었다.

'도덕적인 우화인 동시에 스릴러'인 《지킬 박사와 하이드》에서 그들은 심리학적인 현실성을 보았고, 그들이 교훈을 얻어 진보하고 있으며, 동시에 '굉장히 훌륭한 허구의 이야기'에서 재미를 얻었다는 사실을 기꺼이 받아들였다. 교훈과 재미라는 양쪽 세계에서 얻을 수 있는 최선이었다.

빅토리아 시대 사람들은 이야기 속에서 그와 같이 조마조마한 긴장감과 도덕성이 혼합된 것을 추구했다. 그 시대의 멜로드라마에는 스티븐슨이 항상 사용한 도덕적인 애매모호함이 주는 미묘함이 부족할지도 모른다. 하지만 그 시대의 멜로드라마가 현실도피일 뿐이라는 비난에 대해서는 악에 깊이 빠진 악당들과 순수한 주인공들, 그리고 도덕적인 향상과 훌륭한 사례를 보여주는 전형적인 캐릭터와 상황을 통해서 강력히 항변한다.

물론 《지킬 박사와 하이드》는 (스톱 모션 사진 덕분에 처음에는 존 배리모어가, 나중에는 스펜서 트레이시가 우리 눈앞에서 훌륭한 의사에서 교활하고 소름 끼치는 인간으로 변신했던) 영화에서 더욱 뛰어난 면을 보여줬지만, 빅토리아 시대의 연극에서도 완벽했다. 〈미국 문학의 옥스퍼드 친구(Oxford Companion to American Literature)〉에서 '그 시대 최고의 미국 배우'로 언급되었던 리처드 맨스필드(Richard Mansfield, 1857~1907)가 스티븐슨의 소설을 각색한 이 연극에서 1인 2역을 열연해서 엄청난 갈채를 받기도 했다.

스티븐슨의 이야기가 가지고 있는 여러 특징을 문학적 선배들과 연결하는 것은 그다지 어렵지 않다. 예를 하나 들어보자. 지킬 박사와 하이드에서 강조되는 (특히 누군가가 죽어야만 뜯어볼 수 있는) 편지와 유언장과 죽은 자들이 남긴 서류는 18세기에 널리 유행했던 서간체 소설을 연상시킨다. 물론 스티븐슨은 그 행동을 좀 더 직접적으로 드러낼 만큼 지각이 있었다. 게다가 (셜록 홈스의 모험에 대한 기록을 우리에게 남겨준) 왓슨 박사의 '서류'와 (드라큘라 이야기의 많은 부분을 알 수 있게 해주는) '조너선 해커의 일기'같이 그런 장치들을 통해 진행되는 이야기들은 이미 존재하고 있었다.

분명히 《지킬 박사와 하이드》는 '수도승' 매튜 루이스(Matthew 'Monk' Lewis)의 중세풍 로맨스나 윌키 콜린스(Wilkie Collins)와 그의 문학적 후계자들이 남긴 탐정 이야기들, 바보 같은 곤충 눈을 한 괴물이라는 현실도피 이야기에서 커다란 의미를 지닌 사회 비판 소설에 이르기까지 우리 시대의 다양한 공상 과학 작품을 낳은, 공포와 미스터리 이야기의 긴 발달사에서 획기적인 이정표였다.

비평가 데즈먼드 맥카시(Desmond MacCarthy)는 스티븐슨을 '작은 대가'라고 불렀다. 디킨스 혹은 리비스(F. R. Leavis)가 소설가인 제인 오스틴부터 연대를 매기고 있는 19세기의 '위대한 전통'을 이은 영국 소설의 다른 거장들과 비교하면 스티븐슨은 보잘것없는 존재였을 수도 있다. 그는 허약한 몸을 가지고도 활기찬 정신을 가지려고 몇 년에 걸쳐 영웅적으로 투쟁해왔지만, 비로소 (《허미스턴의 둑》을 통해서) 큰 성공을 거머쥐려 할 때 마침내 오랫동안 자신을 괴롭혀온 질병에 굴복하고야 말았다.

그러나 《체임버 인명사전》에서 스티븐슨의 수많은 성공을 낱낱이 열거한 다음 논평하고 있는 것처럼, "작은 대가가 되는 데 얼마나 큰 수고가 필요한지, 그리고 그가 후대에 얼마나 많은 즐거움을 남겨주었는지 맥카시보다 더 잘 아는 사람은 없었다."

작은 대가는 빅토리아 시대의 멜로드라마와 교훈적인 문학의 맥락 안에서 《지킬 박사와 하이드》를 구성했다. 스티븐슨은 공포 이야기조차 디킨스의 소설에서 위협받는 대단한 꼬맹이 소년보다 더욱 '소름 끼치게' 만들 수 있다는 것을 증명했다. 이 인상적인 이야기에는 잊히지 않는 메시지가 있다. 계관시인 알프레드 테니슨(Alfred Tennyson)은 그 인상을 도덕적인 이야기에서 수렁에 빠지는 "인성의 한없이 깊은 심연의 깊이"라고 불렀다.

《지킬 박사와 하이드》에 관한 비평들

스티븐슨이 요절했다는 사실을 고려하면 그가 써낸 문학작품의 숫자와 다양성은 가히 눈부시다고 할 수 있다. 그는 소설과 시, 비평, 에세이와 기행문 그리고 희곡에까지 손을 댔다. 당연히 모든 작품의 질이 만족스럽지만은 않다. 스티븐슨의 작가로서의 평판은 열광적인 찬사와 경멸적인 과소평가라는 사이클을 거쳐왔다. 그럼에도 최고의 작품들은 항상 대중에게 사랑받으며 살아남았다.

스티븐슨의 작품에서 대부분의 비평가들이 높이 평가하는 부분은 그의 문체다. 비평가들은 머릿속 구상을 적확하게 표현하는 말을 찾으려는 그의 노력에 칭찬을 아끼지 않았다. 그러나 일부 비평가들은 바로 그 점 때문에 스티븐슨이 지나치게 까다롭고 지나치게 꼼꼼하다고 여기기도 했다.

스티븐슨의 여러 가지 재능 중에서도 특히 그가 펜을 선호했다는 점은 주목할 만하다. 젊은 시절에 작가로 방향을 선회했던 그는 끝까지 글을 썼다. 명쾌함이 글쓰기의 덕목이라면 스티븐슨은 최고의 미덕을 가졌다는 찬사를 받을 만한 가치가 있다. 그의 문체는 조금도 어렵지 않다. 그의 글은 세련되기 때문에 읽기 쉽고, 뚜렷하고 분명하므로 이해하기도 쉽다.

— 프랭크 스위너튼,《로버트 루이스 스티븐슨, 비평적 연구》

결점을 찾아내고 무엇이든 극소화하는 새로운 유행에서 가장 박해를 받았던 사람은 스티븐슨이었다. 적확한 단어를 찾으려는 노력으로 시간을 낭비하는 데 대해 사람들은 그가 까다롭고 괴팍스럽다고 비난했다. 그러나 문학을 좋아한다고 주장하는 사람이라면 스티븐슨이 이런 방법으로 사용한 표현의 탁월함을 알아차리지 못한다는 것은 말도 안 된다. 그는 어떤 사물에 대해 그가 떠올린 영상을 정확하게 묘사하는 단어를 사용한다.

— G.K. 체스터튼, 《로버트 루이스 스티븐슨》

문체 자체로도 즐거움이다. 문장은 화가가 그린 그림처럼 정밀하다. 운율은 다채롭고, 그 운율이 창조하는 음악은 등골이 오싹하게 만들어서 이야기 전개에 긴장이 고조된다.

— 존 메이슨 브라운, 《지킬 박사와 하이드》 서문

그의 문체는 쉽고 유연한 데다 명쾌하고 교묘하다. 강렬함을 제외한 모든 미덕의 집합체라고 할 수 있다. 영어 표현으로 삶의 느낌과 감정을 이보다 더 간결하게 전달하기는 거의 불가능할 것이다.

— J.W. 컨리프, 《지난 반세기 동안의 영국 문학》

말에 관한 한 스티븐슨은 정확한 문체에 대한 지나친 꼼꼼함이라는 경계에 아슬아슬하게 걸쳐 있는 가장 세심하고 부지런한 기술자다. 그는 회화적인 능력이 탁월하다. 그의 이야기는 우리의 상상력에 지워지지 않는 흔적을 남길 장면들로 가득하다.

— 헨리 S. 팬코스트, 《영문학 입문》

스티븐슨은 명쾌하고, 정확하고, 간결하고, 매끄러운 문체를 가진 타고난 작가다.

— 에밀 르귀, 루이스 카차미안, 《영문학사》

아마도 문학에 관한 한 스티븐슨이 가장 큰 명성을 얻었던 부분은 문체일 것이다. 그는 영어에서 가장 특색 있는 문체 가운데 하나를 만들어냈다. 그의 문체는 유연한 데다가 간결하고, 음악적이면서도 대체할 수 없는 '유일한 단어(le mot unique)'의 사용이란 측면에서는 완벽에 가깝다.

그의 문체가 너무 수사적이고, 너무 말쑥하다고 주장하면서 일종의 경멸을 담아 '정확'이라는 단어를 사용하는 사람들도 있다. 만약 스티븐슨의 문장이 너무 까다롭거나 너무 꼼꼼해 보인다면, 그것은 아마도 오늘날에는 소박함과 일정한 형태가 없는 구성이 유행하기 때문일 것이다.

스티븐슨에게는 무정형적인 글쓰기가 전혀 없다. 그는 알랑거린다는 누명의 위험을 무릅쓸지언정, 작풍이 없다는 말은 결코 원하지 않았다. 그는 기괴할 정도로 최선의 단어를 선택해서 묘사에 드러나는 세련됨으로 우리를 재삼재사 놀라게 만든다.

— 그랜트 C. 나이트, 《영문 소설》

스티븐슨이 엄청난 대중성을 얻을 수 있었던 것은 흥미로운 이야기를 만들어내는 그의 재능 덕택이기도 하겠지만, 그 독특하고 매우 개인적인 세련미와 매력이 담긴 문체의 결과이기도 하다. (일부 냉소적인 비평가들도 그 문체를 단순한 기교일 뿐이라고 치부해버리기 전에 우선 배우려고 노력할지도 모른다.) 스티븐슨의 문체가 그렇게 오랜 시간 동안 살아남은 사실로 보아 이런 지속적인 대중성이야말로 순수문학적 수용의 핵심이라는 사실을 부정하는 것은 편견에 지나지 않을 것이다.

—J. B. 프리슬리,《문학과 서양인》

스티븐슨의 언어 선택 능력을 평가하기 위해 그의 묘사 가운데 일부를 검토해보자. 하녀가 커루 경의 살인 사건을 증언하는 장면의 맑은 밤하늘에 뜬 보름달과 어터슨이 하이드의 집으로 마차를 타고 가는 도중에 만난 짙은 안개, 어터슨의 아늑한 난롯가와 바깥의 안개가 이루는 대조와 어터슨이 풀을 따라 지킬 박사의 실종 사건을 조사하러 가는 춥고 바람이 거세게 부는 밤, 어터슨과 풀이 지킬 박사의 연구실로 난입하려고 준비할 때의 어두움과 고요함, 그리고 지킬 박사가 약의 도움을 받을 수 없는 상황에서 하이드로 변신해버렸던 리젠트 파크의 맑은 날씨처럼 런던의 날씨를 처리한 방법을 생각해보라. (일부 비평가들이, 이런 구절들이 아서 코넌 도일 경에게 영향을 미쳐 셜록 홈스 이야기에서 이와 비슷한 날씨를 배경으로 설정했다고 생각하는 점도 흥미롭다.)

스티븐슨의 작품을 좋아하지 않는 비평가들은 그 이유를 '경박함'에 두기도 한다. 그는 때때로 아주 많은 작품을 놀라운 속도로 써내려갔기 때문에 등장인물들을 희생시킨 채 사건에만 중점을 두었고, 세부적인 사항을 생략하고 주요 부분에만 초점을 맞췄으며, 대다수의 작품이 집중적인 분석이나 깊은 사고가 결여되어 그저 피상적일 뿐이라는 비난을 받았다. 반면 그의 글이 명쾌하고 간결하며 소박하다고 찬사를 보내는 비평가들도 있다.

스티븐슨의 글은 희미하고 보잘것없다. 도무지 통찰력도 없다. 그는 사색가라고는 할 수 없다.

— 그랜트 C. 나이트,《영문 소설》

《지킬 박사와 하이드》에서 우리는 스티븐슨이 잠재의식의 문제에 관심이 있었다는 사실을 발견하게 된다. 이 소설은 너무 모호하지 않으면서도 놀랍도록 효율적으로 우리의 상상력에 이중인격 문제를 호소하고 있다.

— 에밀 르귀, 루이스 카차미안,《영문학사》

《지킬 박사와 하이드》는 두드러진 주제의 성격과 다루고 있는 내용의 대담한 묘사 덕분에 대중성을 갖는다. 이 작품을 상세히 고찰할 때 상징이라는 측면에서 신뢰성이 아주 뛰어나다고는 할 수 없지만, 스티븐슨이 이야기를 만들면서 사용한 단호한 필치가 작품에 유별난 활기를 부여하고 있다는 사실을 제외하면 그런 점은 그다지 중요치 않다. 이 작품은 거칠고 미숙하지만, 이야기라는 측면에서는 극도로 잘 처리되어 있다. 등장인물들이 내리는 결정이나 도덕적 관계에는 필연성이 없다. 지킬 박사조차도 분열을 하는 실험이라는 파멸적인 결단을 내리는 것이 인물의 특징적인 약점에서 연유한 것으로는 보이지 않으며, 그의 동기는 극도로 간결하게 설명된다. 흥미 유발은 사건과 등장인물의 관계가 아니라 사건 자체에만 의거한다.

— 데이비드 다이체스,《로버트 루이스 스티븐슨》

이 작품은 헨리 제임스가 말했던 것처럼 "간결함의 걸작"이며, 그 빠르고 극적인 힘은 숙련된 간결한 말과 사건에서 비롯된다.

— 존 햄든,《지킬 박사와 하이드》서문

작가로서 스티븐슨이 가지고 있었던 진짜 결점은 단순화가 지나쳐서 오히려 실제 삶이 지닌 기분 좋은 복잡성을 일부 상실해버렸다는 점이다. 그는 경직되고 자연스럽지 못한 부적절함을 억제하고 세부적인 사항들을 간결하게 만들어 모든 것을 처리했다. 그는 필요치 않은 말은 결코 하는 법이 없었다. 무엇보다도 그는 두 번 말하지 않았다. 다른 훌륭한 작품들처럼 스티븐슨의 작품에도 나름대로의 결점이 있다. 주된 결함은, 지나치게 평이하게 만들려는 본능이 초래한 경박함이라는 결점인 것 같다.

— G. K. 체스터튼,《로버트 루이스 스티븐슨》

그는 이야기의 대가다. 그에게는 지엽적인 윤색에 대한 유혹을 본질적으로 가차 없이 거절할 수 있는 정확한 감각이 있었다. 그가《지킬 박사와 하이드》에서처럼 등장인물의 분석뿐만 아니라 인물들 사이에서 벌어지는 일에 매혹된 것은 분명하다.

— 말콤 엘윈,《로버트 루이스 스티븐슨의 이상한 사건》

스티븐슨이 등장인물을 다루는 방식에 관한 한 비평가들은 상당히 날카롭게 대립한다. 그는 '통찰력'이 부족하고, 행동의 동기를 밝히는 데도 너무 간결하며, 앞서 언급되었던 것처럼 전체적으로 '경박'하게 다룬다는 비판을 받는다. 엘윈은 스티븐슨이 등장인물의 분석과 '인물들 사이에서 벌어지는 일'에 매료되었던 점을 평한다. 저자는 어느 정도까지 규명해야 할까? 근본적인 질문이다. 스티븐슨은 그의 인물들을 묘사했다. 그렇지만 현대 소설가들이 일반적으로 하는 것처럼 인물의 내면을 이해했을까?

출판된 지 얼마 지나지 않아 책의 세부적인 사항들에 대한 비평들이 나왔다.

이 작품에 제기된 이론(異論)들 중 일부는 근거가 없는 것 같다. 예를 들면 지킬이 하이드만큼, 혹은 그 이상으로 나쁘다는 이의가 제기된다. 회의적인 현대 지성인의 시각에서 보면 의문의 여지가 없는 진실이다. 그러나 부유한 상류사회 출신의 사치스럽고 다소 위선적인 의사라는 이미지가 기존에 가지고 있던 신분 높은 사람들에 대한 막연한 상상에 딱 들어맞는다고 여기는 스티븐슨의 독자들에게는 진실이 아니다.

또, 지킬과 하이드의 육체적 변화를 초래하는 약은 의학적으로 불가능하다는 이의를 제기하는 사람도 있다. 물론 불가능하다. 우리는 환상적인 이야기에서 놀라운 효과를 자아내는 불가능한 문제들을 용인해야 한다. 실제로 우리가 여기서 부차적인 상징들을 찾는다면 궁극적으로 약의 효과가 없어진다는 사실을 들 수 있다. 그것은 인간의 숙명을 해결하거나 인간이 짊어진 짐을 가볍게 하려는 과학이 궁극적으로 실패한다는 것을 상징한다.

더욱 타당성을 가지는 사소한 문제들도 있다. 그 하나의 예로 출판 당시에 프레데릭 마이어스(Frederick Myers)는 스티븐슨에 관해 쓰면서 하이드가 라니언의 입회하에 약을 마시려 하면서 '직업상 비밀'로 비밀을 지킬 것을 강요하는 것에 주목했다. 분명히 라니언은 즉각 성을 내면서 "자네는 의사가 아니야!"라고 응수했을 수도 있을 것이다. 스티븐슨은 이 오류를 쉽사리 정정할 수 있었지만 그러지 않았다. 그렇다고 해서 그런 사소한 것이 무슨 문제가 된단 말인가? 책을 일독한 독자들이라면 십중팔구는 눈치채지 못했을 것이다.

다른 사소한 이의는 댄버스 경의 살인 사건을 조사하는 경찰이 하이드와 지킬을 연계시킬 수도 있었을 것이며, 그렇게 되었다면 지킬 박사는 당황스러운 질문 몇 가지에 대답을 해야 했을 것이라는 사실이다. 그리고 분명히 악마같이 사악한 하이드라면 그렇게 무기력하게 자살하지는 않았을 것이다. 이상의 모든 이의에 대한 대답으로 이 작품은 독자들의 흥미를 끈다는 목적을 성취했다.

— 리처드 앨딩턴,《반항아의 초상》

존 앨딩턴 시몬즈는 스티븐슨에게 이런 편지를 보냈다.

"지킬이 자살을 하는 종말은 너무 상투적입니다. 지킬 박사는 정의에 골몰했어야 합니다. 그랬다면 스티븐슨 씨의 책에서 그렇게 끔찍하게 유린되고 있는 인간의 존엄성을 회복할 수 있었을 것입니다."

— 존 A. 스튜어트, 《로버트 루이스 스티븐슨 평전》

스티븐슨이 알고 있었듯이 많은 비평가가 '가루약의 일……'을 혹평했다. 이 장치에 대한 의견은 계속 나뉘어 있었다. 콤튼 맥켄지는 "오늘날 그 약 때문에 작품 전체가 낡고 부자연스러워진다"고 생각한다. 데즈먼드 맥카시는 공상적인 세계와 현실은 연관되어 있지만, 양자를 섞는 것은 치명적이며, 따라서 마법의 약을 남겨두려는 스티븐슨의 본능은 타당하다고 여긴다. 맥카시의 '공상적인 세계와 현실' 사이의 구별을 받아들이려면 지킬 박사와 하이드의 독자들은 이야기를 감상할 때 상징을 무시하고 '겸허하고 건전한 도덕적인 공포와 괴기의 걸작'으로 간주해야 한다.

이 작품의 즉각적인 성공에 기여한 몇천 명의 독자들에게 그 도덕은 '겸허'하지 않았다. 그 상징은 현대 도덕성에 관한 눈부시게 혁신적인 풍자로 해석되는 이 작품 최대의 매력이다……. 성 바오로 대성당의 신부는 설교용 텍스트로서 상징을 이해했지만 선례를 따른 성직자들은 더욱 적었다. 빅토리아 시대의 영국에서 설교의 내용에 등장하는 것은 그 어떤 것보다도 가장 영향력 있는 광고였다. 고세(Gosse)의 말로는 지킬 박사와 하이드는 출간 즉시 교양 있는 지식인 사회의 모든 모임에서 토론 주제로 등장했고, 이미 상대적으로 좁은 서클에서 인정받고 있던 스티븐슨이 전체 지식인 세계에서 주된 위치를 차지하게 된 것은 그때부터였다.

— 말콤 엘윈, 《로버트 루이스 스티븐슨의 이상한 사건》

작품에 대한 또 다른 질문들도 제기되었다. 스티븐슨이 아버지의 엄격한 종교적 교리나 그의 직업 선택에 대한 아버지의 강요, 그리고 빅토리아 시대의 행동 규범에 대해 반발했던 것을 알고 있었기 때문에 많은 비평가는 지킬 박사의 이중 자아에 자전적인 요소가 얼마나 투영되었을지 궁금해했다.

스티븐슨이 말했던 바로는 그는 자신의 작품들 중에서 《지킬 박사와 하이드》를 최악의 작품으로 간주했다. 그의 작품들 가운데 가장 유명하고, 엄청난 수입을 가져다주었으며, 그를 설교의 주제로 등장하게 만들어주기까지 한, 부유함과 도덕적 명성을 가져다준 작품을 그는 실패작이라고 여겼다! 정말 이상하지 않은가! 너무너무 단순하지 않은가! 애처로울 정도로 명백하지 않은가! 그 의미가 이제야 완전히 이해되는 고백이다. 수많은 독자를 오싹하게 만들고 하느님의 선민들을 윤리적으로 고취한, 인간 천성의 이중성에 대한 놀라운 이야기는 본래 형태로는 전혀 다른 작품이었다. 최초의 구상과 최초의 글은 영원히 알려지지 않아야 할 것이다.

— 조지 S. 헬맨, 《진정한 스티븐슨》

1896년 W. J. 도슨은 이렇게 썼다.

"이 작품은 문학사에서도 비할 바 없는 걸작이다. 비교할 만한 다른 작품이 없다. 독보적인 위치를 차지한다. 스티븐슨에게 인간의 영혼에 내재한 가장 깊은 곳에 있는 것을 해석하는 사람이라는 독특한 지위를 부여하는 것은 정신적 재능에서 나온 힘과 그 모호함의 확증이다."

— J. A. 해머튼, 《스티븐슨에 관한 자료집》

스티븐슨이 본래 계획했던 것처럼 이 작품이 겨우 '선정적인 대중 소설'이었다고 해도 여전히 놀라운 소설로 주목받을 것이다. 《지킬 박사와 하이드》에는 독특한 아이디어와 마지막 장을 덮을 때까지 미스터리와 긴장이 풀리지 않게 만드는 교묘한 솜씨가 잘 결합해 있다. 그러나 이 작품은 그보다 훨씬 뛰어나다. 제목 자체가 일종의 속담같이 잘 알려진 인용구가 되었다.

왜냐하면 이 작품은 심금을 울리는 데가 있기 때문이다. 모든 인간이 고통스럽게 인식하는 인간 본성의 이중성을 이렇게 효과적으로 드러낸 작품은 없다.

— 존 햄든, 《지킬 박사와 하이드》 서문

마지막으로 이 작품의 개요를 소개한다.

영국과 미국에서 스티븐슨의 명성을 확립하는 데 가장 기여한 작품은 《지킬 박사와 하이드》였다. 제목에 있는 이름들이 선과 악,

그리고 분열된 개인 인격의 동의어가 되어 이미 일반적으로 통용되는 언어가 되었다는 것만 보아도 이 작품의 대중적 인기를 알 수 있다. 《지킬 박사와 하이드》는 오늘날에도 비길 작품이 없는 뛰어난 작품이다. 놀라울 정도로 탁월한 기량을 자랑하는 역작이다. 산문 작가로서 스티븐슨은 영어권 작가들 중에서 가장 교묘한 솜씨를 가진 기교가들 가운데 하나다. 그는 이 무시무시한 작품이 담고 있는 모든 긴장과 떨림을 완전히 인식하고 있는 상태에서 이야기의 구성을 만들고 진행했다. 이 작품은 그 표현이 가진 순수한 흑마법(black magic)의 힘을 통해 문학으로 옮겨진 격렬하고 오싹한 멜로드라마다.

— 존 메이슨 브라운, 《지킬 박사와 하이드》 서문

옮긴이

옮긴이의 말

　스코틀랜드 사람들은 잉글랜드 사람들과 혈통도 다르고, 기질도 완전히 다르다고 한다. 역사적으로 오랫동안 국경을 맞댄 잉글랜드에 고통을 받아온 스코틀랜드는 심지어 잉글랜드와 한 국가를 형성하고 있는 지금도 잉글랜드가 프랑스와 축구를 하면 프랑스를 응원할 정도라고 한다. 그런 어두운 역사 때문인지 스코틀랜드 문학에서 즐겨 다루는 소재는 인간의 이중성과 현실의 이면에 숨어 있는 어두운 악몽의 세계다. 스코틀랜드의 수도 에든버러에서 태어난 저자 로버트 루이스 스티븐슨은 과연 스코틀랜드의 작가다.

　인간의 이중성과 자아 분열에 관한 이야기를 다룬《지킬 박사와 하이드》는 스티븐슨이 자라난 배경과 떼어놓고 이야기할 수가 없다. 스티븐슨은 칼뱅주의를 엄격하게 지키는 가정에서 태어나 교육을 받았다. 그는 평생 자유로워지고자 노력했지만 어린 시절에 받은 교육을 완전히 떨쳐버릴 수는 없었다. 엄격한 도덕률과 신의 섭리를 강조한 칼뱅주의는 어쩔 수 없이 현실의 욕망과 충돌할 수밖에 없었다.

다른 한편으로 스티븐슨의 정신과 작품에 영향을 미쳤던 것은 그가 어린 시절에 들었던 스코틀랜드의 이야기들이었다. 스코틀랜드의 해부학이 아직도 세계에서 최고 수준을 자랑할 수 있는 이유는 중세부터 의사들이 돈을 주고 사형수들을 사 와서 해부 실험을 했기 때문이라는 설이 유력하다. 심지어 아직도 기록이 남아 있는 버크(Burke)와 에어(Hare) 같이 시체 파는 도굴꾼이나 걸인이나 창녀, 부랑자를 잡아다가 의사에게 넘기는 인간 사냥꾼들도 있었다.

특히 《지킬 박사와 하이드》의 직접적인 모티브는 18세기의 실존 인물인 브로디 집사의 이야기였다. 성공회 신자로 신앙심이 깊기로 유명했던 브로디는 아버지의 금고 회사를 물려받아 사업적으로 성공했을 뿐만 아니라 많은 자선을 베풀어 사람들의 신망을 한몸에 받았고 에든버러의 시의원이 되기까지 했다. 또한 브로디는 헌금을 많이 해 성공회 교회의 집사라는 자리도 얻을 수 있었다.

하지만 이처럼 낮에는 모든 사람에게 존경받는 성공회 집사에 시의원이었던 브로디가 밤만 되면 완전히 다른 인간으로 변신했다. 밤의 브로디는 도둑질을 일삼고, 노름에 싸움질을 즐겼으며, 술을 퍼마시고 매춘부를 찾아가는 것으로도 모자라 교구민들을 몰래 유인해서 살인을 즐기기도 하는 사악한 인간의 모습이었다. 마침내 꼬리를 잡힌 브로디는 1788년 10월 교수형을 당했는데, 공교롭게도 브로디가 설계하고 그의 금고 공장에서 제작한 교수형 틀이 사용되었다.

사회적 지위와 부를 가지고 있기 때문에 사회적인 규칙을 따라야 하지만 굴복하지 않을 수 없는 인간적인 욕망, 차라리 이 둘을 분리할 수 있다면 얼마나 편리할까! 물론《지킬 박사와 하이드》는 현대 소설들이 다루고 있는 자아 분열의 문제에 비하면 훨씬 단순한 이야기 구조로 되어 있다. 그렇지만 그 단순함이야말로 문제의 본질에 명쾌하게 접근할 수 있게 해준다.

지킬은 자신을 선과 악으로 나누고 싶었지만 결국 탄생한 것은 본래 있던 그대로(선으로만 이루어진 존재가 아니다)의 지킬과 순수한 악의 결정체인 하이드였다. 지킬이 애써 하이드가 자신에게서 나온 존재라는 것을 부정하며 '그'라는 3인칭으로 부르는 모습에서는 인간적인 연민마저 느껴진다.

〈병 속의 악마〉는 1891년에 발표된 작품으로 남태평양 폴리네시아 원주민들을 위해 쓴 소설집《섬의 밤을 위한 오락거리(*Island Nights' Entertainment*)》에 실려 있다. 1889년 다섯 달가량 하와이를 여행했던 스티븐슨은 이 여행에서 영감을 받아 〈병 속의 악마〉를 쓰게 되었다. 스티븐슨이 하와이를 여행하면서 방문했던 곳 중에는 한센병 환자들의 집단 주거지였던 몰로카이섬도 있었는데, 케아웨가 처음 병에 걸렸을 때 빛나는 집을 떠나 옮겨가야 한다고 언급하는 바로 그곳이다. 스티븐슨은 몰로카이에서 한센병 환자들을 위해 봉사하다 자신도 한센병에 걸려 죽은 벨기에인 신부 다미엥 신부를 그곳에서 만나 깊은 인상을 받았다. 그래서 그 이듬해에는 다미엥 신부를 변호하는 유명한 논픽션 〈다미엥 신부〉를 쓰기도 했다.

악마와 영혼을 가지고 거래하는 이야기는 《파우스트》를 비롯해 동서양을 막론하고 세계 어느 곳에나 존재한다. 〈병 속의 악마〉는 그 연속선상에 있는 작품으로 비교적 가볍게 읽을 수 있는 이야기 지만 마지막 장을 덮을 때 우리에게 남는 감동은 간단치 않다. 스티븐슨의 다른 작품들이 그렇듯이 〈병 속의 악마〉 역시 선한 의도가 승리하는 것으로 끝나는 전형적인 구조지만, 사랑을 위해 영혼이 지옥 불에 영원히 탈 위험을 감수한 케아웨와 그런 남편을 위해 가장 두려운 짐을 대신 지고자 한 코쿠아의 사랑은 아름답기까지 하다. 케아웨의 아내 코쿠아의 이름은 하와이 말로 '도움'을 의미한다. 과연 그 이름대로 코쿠아는 케아웨를 도와 그의 영혼을 구했다.

〈병 속의 악마〉의 주인공인 케아웨와 코쿠아 역시 사랑하는 마음 하나로 영혼을 구원받을 수 없을지도 모르는 거래를 선뜻 받아들이 지만, 한편으로는 자신의 선택을 후회하며 괴로워하기 때문에 더욱 인간적이다.

이처럼 스티븐슨의 소설은 구조가 단순한 편이지만 매력적인 인물들이 평면적이지 않은 생동감을 부여한다.

로버트 루이스 스티븐슨 연보

1850년   11월 3일 스코틀랜드 에든버러에서 등대 건축기사인 아버
지와 중산 계급 출신의 어머니 사이에서 태어났다. 어린 시
절에 목사인 외할아버지 댁에서 휴일을 보내곤 했다.

1857년   에든버러의 헨더슨 학교에 입학했지만 몸이 약해 몇 주밖
에 못 다니고 방문 개인 교사에게 배웠다. 2년 후 10월에 학
교로 돌아갔다.

1863년   런던 스프링 그로브의 기숙학교에서 한 학기를 보내고 건
강을 회복한 이듬해 에든버러로 돌아와 사립학교에 다
녔다.

1867년   아버지의 뜻에 따라 공학을 공부하기 위해 에든버러대학교
에 입학했다. 등대 건축기사인 아버지를 따라 방학 때마다

여러 지역으로 여행을 다니며 공학보다는 글쓰기에 관심을 더 두게 되었다.

1871년 문필가가 되기로 결심하고 안정적인 생계를 위해 법학으로 전공을 바꿨다.

1873년 기독교를 거부하고 무신론자를 선언했다.

1876년 프랑스 여행 중 장차 아내가 될 열한 살 연상의 미국 작가 패니 오즈번을 만났다.

1878년 벨기에에서 프랑스 북부까지 카누 여행을 한 경험을 쓴 여행기《내륙 여행》을 출간했다.

1879년 패니를 다시 만나기 위해 미국으로 떠나 뉴욕에서 캘리포니아까지 철도로 여행했다. 이 여행으로 건강이 나빠졌다.

1880년 5월 패니와 결혼했다. 나파 밸리에 있는 폐광 캠프로 신혼여행을 다녀온 후 패니와 의붓아들 로이드 오즈번을 데리고 영국으로 돌아와 함께 살았다.

1881년 잡지《영 포크스》에 '바다의 쿡(The Sea Cook)'이라는 소설을 연재했다. 1883년 제목을 바꿔《보물섬》으로 출간하면서 작가로서 큰 명성과 금전적인 성공을 거두었다.

1884년 건강을 위해 영국 남부 해안 도시인 본머스의 웨스트본 지역에 정착했다. 이듬해부터 본머스로 이주한 미국 소설가 헨리 제임스와 교류했다.

1886년 장편소설《유괴》와 대표작《지킬 박사와 하이드》, 시집《어린이의 시(詩) 정원》을 집필해 출간했다.

1887년 아버지가 사망했다. 의사의 조언에 따라 홀로 남은 어머니와 가족들을 데리고 미국 콜로라도에 가서 살기로 결심해 미국으로 떠났다.

1888년 요양을 떠나 태평양의 여러 섬에 잠깐씩 머무르며 건강을 회복했다. 약 3년 동안 태평양 동부와 중부를 여행하며 하와이제도에 장기 체류했고, 칼라카우아 왕과 교우하기도 했다.

1889년 장편소설《발란트래 경》을 출간했다. 12월에 가족과 사모아제도의 아피아 항구에 도착해 그곳에 머물면서 정치적으로 각성해 제국주의에 대한 비판적인 시각을 가지게 되었다. 이후 영국 일간지 〈타임스〉에 유럽과 미국의 부도덕한 행태를 고발하는 글을 썼다.

1892년 의붓아들 로이드 오즈번과 함께 작업한 장편소설《난파자》를 발표했다.

1893년 《유괴》의 속편인 장편소설《카트리오나》와 노벨라 〈팔레사 해변〉, 〈병 속의 악마〉가 수록된 남태평양 원주민들을 위한 소설집《섬의 밤을 위한 오락거리》를 출간했다.

1894년 로이드 오즈번과 함께 작업한 장편소설《조수(潮水)》를 발표했다.《허미스턴의 둑》을 집필하던 중 과로로 쓰러져 12월 3일에 영면에 들었으며 유해가 사모아에 묻혔다.

1896년 《허미스턴의 둑》이 미완성본으로 출간되었다.

옮긴이 **김세미**

이화여자대학교 정치외교학과를 졸업했고, 홍콩에 있는 무역회사에서 통역과 번역 관련 업무를 하다가 지금은 행복하게 번역에 전념하고 있다. 《크리스마스 캐럴》, 《필경사 바틀비》, 《로알드 달의 백만장자의 눈》, 《로알드 달의 초콜릿 장사꾼》, 《미트포드 이야기》(1, 2권), 《죽음 앞의 교훈》, 《아이가 준 선물》, 《나야 엘로이즈, 오늘은 크리스마스》를 비롯한 '엘로이즈 시리즈' 등을 우리말로 옮겼다. 번역 오류 제보를 비롯해 전하고 싶은 말이 있는 독자와는 samiam@hanmail.net으로 교감할 수 있기를 바란다.

지킬 박사와 하이드

1판 1쇄 발행 2005년 3월 30일
3판 1쇄 발행 2025년 7월 18일

지은이 로버트 루이스 스티븐슨 │ 옮긴이 김세미
펴낸곳 (주)문예출판사 │ 펴낸이 전준배
출판등록 2004. 02. 11. 제 2013-000357호 (1966. 12. 2. 제 1-134호)
주소 04001 서울시 마포구 월드컵북로 21
전화 02-393-5681 │ 팩스 02-393-5685
홈페이지 www.moonye.com │ 블로그 blog.naver.com/imoonye
페이스북 www.facebook.com/moonyepublishing │ 이메일 info@moonye.com

ISBN 978-89-310-2535-4 04800
ISBN 978-89-310-2365-7 (세트)

• 잘못 만든 책은 구입하신 서점에서 바꿔드립니다.

♣문예출판사® 상표등록 제 40-0833187호, 제 41-0200044호

■ 문예세계문학선

★ 서울대, 연세대, 고려대 필독 권장 도서 ▲ 미국대학위원회 추천 도서
● 《타임》 선정 현대 100대 영문 소설   ▽ 《뉴스위크》 선정 세계 100대 명저

(뒷면 계속)